REBELLION

CHRONIK EINES UNTERGANGS

© 2021 Ursula Janßen
Trullo Cicerone, Martina Franca (TA), Italien
ISBN: 9-783753-445274
Herstellung und Verlag: BoD - Books on
Demand, Norderstedt
Coverdesign: Franco Chiarpei

All den Menschen gewidmet, die unter der
Herrschaft selbsternannter „Priesterkönige"
und brutaler Generäle zu leiden haben,
die hungern, weil korrupte Regimes
die Ressourcen des Landes allein
für sich beanspruchen. Denn,
wie schon dieses frühe
Beispiel aus der
Geschichte
zeigt:
Unrechtsregime sind nicht ewig.

„Überall nämlich entsteht der Aufruhr wegen der Ungleichheit [...]. Das Verlangen nach Gleichheit ist es nämlich immer und durchgängig, das zu Aufständen treibt."
- Aristoteles

"Um zu sein, muß der Mensch revoltieren, doch muß seine Revolte die Grenzen wahren, die sie in sich selbst findet und wo die Menschen, wenn sie sich zusammenschließen, zu sein beginnen."
- Albert Camus

Vorwort

Zu Ende des 19. Jahrhunderts entdeckten die belgischen Brüder und Bergwerksingeneure Henri und Louis Siret im südspanischen El Argar eine bronzezeitliche Siedlung, die in Europa ihresgleichen suchte. Schnell wurde klar, dass es sich um eine eigenständige Kultur mit weiteren Fundorten handelte, die ihre Entdecker nach dem ersten Fundort „El-Argar-Kultur" tauften. Die Ausgrabungen weiterer Stätten, mittlerweile unter der Federführung der Autonomen Universität Barcelona, dauern bis heute an.

Dieser Roman beruht auf den archäologischen Befunden der El-Argar-Kultur in Südspanien. Diese bronzezeitliche, schriftlose Zivilisation, die etwa seit 2.200 v. Chr. bestand, wird oft als „der erste Staat Westeuropas" oder auch als das „Troja des Westens" bezeichnet. Sie zeichnete sich durch eine starke Zentralisierung und eine ungewöhnliche Standardisierung ihrer materiellen Kultur aus: schlichte Formen, keine Verzierungen, so gut wie keine figürlichen Darstellungen. Die Ausgräber fanden Hinweise auf eine starre Hierarchie innerhalb der Gesellschaft, auf Mangelernährung, Gewalt und Unterdrückung, sowie auf die Ausbeutung natürlicher Ressourcen, insbesondere die systematische Abholzung von Wäldern, die zu einer immer weiteren Verknappung führte. Um 1.550 vor unserer Zeitrechnung, kurz nach dem Zeitpunkt des weit entfernten, aber dennoch für den gesamtem Mittelmeerraum folgenschweren Ausbruchs des Thera-Vulkans auf Santorin, findet die El-Argar-Kultur ihr jähes Ende. Von diesem Ende und den Frauen und Männern, die dazu beigetragen haben könnten, möchte ich berichten. Die Geschichte hat mich, als ich zum ersten Mal darüber las, sogleich in ihren Bann gezogen und ich habe mir ausgemalt, wie es damals gewesen sein mag.

Natürlich ist dies ein Roman mit fiktiven Charakteren. Dennoch habe ich versucht, so viel der archäologischen Befunde wie möglich mit hinein fließen zu lassen. Am Ende dieses Buchs findet sich ein Anhang, in dem ich auf die einzelnen Aspekte eingehe und aufkläre, wo die Wissenschaft aufhört und die Fiktion anfängt.

Die Parallelen zu bestehenden Problemen der Menschheit verstehen sich, glaube ich, von selbst.

Mein besonderer Dank gilt nicht nur – wie immer – meiner Familie, die sich klaglos in meine Geschichten hineinziehen lässt und mir mit Kommentaren, Korrekturen und Anregungen zur Seite steht, sondern auch dem Archäologen und Erforscher der El-Argar-Kultur, Dr. Roberto Risch von der Autonomen Universität in Barcelona, der mich mit wertvollen Literaturhinweisen und Anmerkungen unterstützt hat.

Martina Franca, 30. Dezember 2020

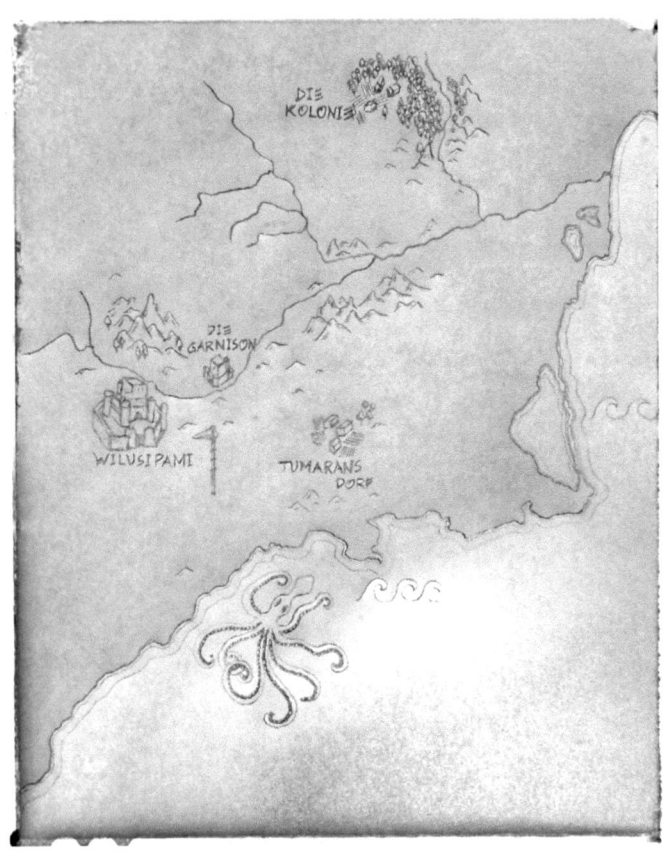

Im Süden der Iberischen Halbinsel, um 1.550 vor unserer Zeitrechnung

Die Sonne brannte von einem tiefblauen, wolkenlosen Himmel auf die staubige Straße hinab, die durch die Stadt hinauf zur Zitadelle führte. Es hatte schon seit Monaten so gut wie nicht mehr geregnet. Der aufgerissene Lehmboden war glühend heiß, aber Tumaran spürte die Hitze unter seinen nackten, ledrigen Fußsohlen kaum. Den schweren Sack mit Linsen, den er auf seinen knochigen Schultern die Anhöhe hinauf schleppte, spürte er dafür umso mehr; er lastete schließlich schon seit Stunden auf ihm. Um den Kopf hatte er sich ein Tuch geschlungen, das ihn ein wenig vor der Sonne schützte. Durstig war er auch; bald jedoch hatte er sein Ziel erreicht, dann würde er endlich etwas Wasser aus dem großen Wasserreservoir, das auf halbem Weg in die Oberstadt lag, schöpfen und trinken können, vorausgesetzt die Wachen dort fanden keinen Grund, ihn davonzujagen. Die Wächter am unteren Stadttor waren schon nicht allzu freundlich gewesen, obwohl er, Tumaran, ja nur seine Pflicht tat und seine Linsenernte ablieferte. Viel war es nicht gewesen in diesem Jahr. Linsen brauchten schließlich nicht viel Wasser, aber etwas mehr Regen wäre doch nötig gewesen. Dennoch hatte die ganze Familie die letzten Tage damit zugebracht, die geernteten Linsenbüsche mit Holzschlegeln zu dreschen und die Linsen anschließend im heißen Wind von der Spreu zu trennen, denn jede einzelne der Hülsenfrüchte war von ihrer eigenen kleinen Schote umgeben. Den jüngeren Kindern fiel die Aufgabe zu, die Spreu nach vereinzelt übrig gebliebenen Linsen zu durchforsten – die Hülsenfrucht war kostbar und die Wächter würden die Spreu womöglich untersuchen, um sicherzustellen, dass Tumaran und seine Familie auch sorgfältig gearbeitet hatten. Leider durften sie die kostbaren Linsen nicht behalten, sondern mussten sie in der Stadt vor dem Tor zum Palast, der sich ganz oben auf dem steilen Hügel befand, abliefern. Der Palastbezirk von Wilusipami – so nannten die Adeligen ihre Residenzstadt, obwohl sie von den Bauern einfach nur als Iltir, „die Stadt", bezeichnet wurde – war für die Angehörigen von Tumarans Klasse tabu, ihn als Bauer zu betreten unter Androhung der Todesstrafe verboten. Die einzige Ausnahme war ein jährlich vom Herrscher bestimmter Vertreter der Bauernkaste, der an einigen wenigen offiziellen Versammlungen im Palast teilzunehmen hatte.

Ihre gesamte Ernte, seien es Hülsenfrüchte oder Gerste, mussten die Bauern in der Stadt abgeben, dafür bekamen sie im Gegenzug die von der Palastverwaltung festgelegten Rationen für ihre Familien zugeteilt. Linsen oder Kichererbsen waren seit geraumer Zeit nur noch selten darunter, zu Festtagen vielleicht, normalerweise gab es für die Bauern nur Gerstenmehl, das ausschließlich von Müllern in der Stadt gemahlen werden durfte und das sie zu Brei verkochten oder zu Fladenbroten buken. Nur die Eicheln, die sie in den wenigen verbliebenen Wäldern sammelten, durften sie behalten. Auch heute würde Tumaran im Gegenzug für seinen großen Sack Linsen nichts als eine magere Ration Gerstenmehl erhalten, vielleicht sogar gemahlen aus seiner eigenen Ernte, die er und seine Familie erst vor zwei Monaten mühsam in Iltir abgeliefert hatten. Der Weg von Tumarans Dorf und den ihm zugeteilten Feldern in die Stadt war weit und mühselig; schon mit geringer Last dauerte er mehrere Stunden, mit den schweren Gerstensäcken war es mindestens eine halbe Tagesreise, und sie mussten mehrfach hin- und herreisen, um die gesamte Ernte in die Stadt zu schaffen. Tumarans Bruder Beles, der nicht nur der Ältere, sondern auch der Wagemutigere der beiden war, hatte in diesem Jahr heimlich einen Teil seiner Linsenernte einbehalten und unter dem Fußboden seiner Lehmhütte versteckt, aber er, Tumaran, traute sich das nicht. Er hatte gesehen, was mit Bauern geschah, die dabei ertappt worden waren, dass sie einen Teil ihrer Ernte unterschlagen hatten. Die Strafen dienten der Abschreckung und nach Tumarans Dafürhalten erfüllten sie diesen Zweck gut. In Gedanken daran schauderte er leicht, blieb einen Augenblick stehen, um den Sack mit den Linsen auf seinen Schultern zurecht zu rücken und ein paar lästige Fliegen, die sich an den Schweißperlen auf seiner Stirn zu laben versuchten, zu verscheuchen, und setzte dann seinen Aufstieg fort. Die eng aneinander geschmiegten, schmucklosen Häuser mit ihren steinernen Fundamenten und hellbraunen Aufbauten aus Lehm unter ihren zu allerlei Tätigkeiten genutzten Flachdächern wurden stetig größer, je mehr er sich der über der Stadt thronenden Zitadelle näherte. Hier lebten die Menschen der Handwerkerklassen: je angesehener ihr Handwerk, desto näher standen ihre Häuser am Palastbezirk. Dementsprechend lebten die Waffen- und Silberschmiede der Zitadelle am nächsten.

„Die Linsen zu verstecken ist ganz einfach", hatte Beles ihm erklärt. „Ich hebe einfach eine weitere kleine Grube in der Hütte aus und sage, dass es ein Grab ist, dass uns wieder ein Kind verstorben ist. Die Wächter werden schon nicht mitzählen!"

Verstorbene Kinder wurden traditionell im Haus der Familie unter dem Fussboden bestattet. Auch im Haus von Tumaran und seiner Frau Lortikis befanden sich schon mehrere wieder mit Lehm verputzte Gruben im Fußboden. Jetzt war sie wieder schwanger.

„Besser ein falsches Grab im Haus als noch ein echtes, denn das wird es geben, wenn wir das ganze Jahr wieder nichts als Gerste und Eicheln haben", hatte Beles hinzugefügt.

„Pass du nur auf, dass wir stattdessen nicht bald dich im Feld begraben müssen!", hatte Tumaran erwidert und den Kopf über so viel verwegenen Ungehorsam geschüttelt.

Mittlerweile musste er schon im Bezirk der Silberschmiede angelangt sein; höher lebten nur noch die Wächter – die wahrscheinlich unbeliebteste Klasse, sowohl nach Meinung der Bauern als auch die der Handwerker – und natürlich, ganz zuoberst, die adelige Herrschaftsschicht selber. Den Priesterkönig, Tattis war sein Name, hatte Tumaran nur ein einziges Mal aus weiter Entfernung gesehen und er hatte sich schnell aus dem Staub gemacht, um den vielen Wachen mit ihren in der Sonne glitzernden bronzenen Waffen nicht in die Quere zu kommen. Die Wächter trugen Stabdolche, eine Art Hellebarde mit jeweils einer scharfen, doppelseitigen Klinge, die quer am Ende einer langen Stange befestigt war, sowie spitze Bronzedolche und Kurzschwerter. Es wurde gemunkelt, dass ein Angehöriger der untersten Klassen die Waffen nur berühren musste, um sofort daran zu sterben; auf jeden Fall waren ihre Waffen sehr mächtig. Metall war nämlich noch so eine Sache, die Bauern nicht besitzen durften. Ihre Werkzeuge bestanden aus Stein, Knochen und Holz. Die Sicheln und Sensen zum Beispiel, mit denen sie die Gerste abernteten, bestanden aus einer Reihe kleiner Steinklingen, die in einen halbmondförmigen Rahmen aus gebranntem Ton eingelassen waren, der wiederum an einem Holzschaft befestigt war. Da der zur Herstellung von Klingen erforderliche Stein –

Flint – von weit her kam und schwer zu beschaffen war, die kleinen Klingen bei der Ernte zudem schnell abstumpften, mussten die Bauer dieselben Flintsplitter immer und immer wieder neu in Form schlagen, bis ihre Sicheln Reihen aus kleinen scharfen Zähnchen glichen. Metallwerkzeuge waren den Handwerkern vorenthalten, Waffen gar dem Adel und den Wächtern. Schon während seines Aufstiegs konnte Tumaran die glänzenden Hellebarden der Palastwache ausmachen. Das von ihnen bewachte Tor des Palastbezirks war sein Ziel.

Endlich stand Tumaran vor dem streng bewachten Zugang; die Zunge klebte ihm am Gaumen. Er versuchte zu schlucken und wandte sich dann an einen der Wächter: „Ich bringe meinen Tribut für diesen Sommer, Herr, Linsen, von den Feldern im Osten."

„Das ist alles?"

„Ja, Herr, das Jahr war schlecht, es hat nicht geregnet, die Dürre, ihr wisst..."

„Wo ist der Rest?"

„Es gibt keinen Rest; das ist alles, was meine Familie und ich geerntet haben."

„Name und Ort?"

„Tumaran, Sohn des Lakobor, meine Felder liegen an der Biegung des alten Flussbetts im Osten, unterhalb des Eichenhügels." Er scharrte mit seinen bloßen Füßen im staubigen Boden und hielt dabei den Blick gesenkt. Dabei sah er die neu wirkenden Bastsandalen des Wächters. Bauern gingen barfuß.

„Gut", sagte der Wächter endlich. „Wir werden dein Haus und deine Felder überprüfen."

„Der Boden ist karg und wir haben gerade erst mehr Wald gerodet, um demnächst mehr anbauen zu können. Aber die andauernde Trockenheit..."

„Genug, Bauer! Es wird sich alles zum Besten wenden, dank unseres geliebten Herrschers Tattis, der täglich zum Wettergott betet und mit Sicherheit sein Gehör findet. Stell den Sack in die Nische dort drüben, geh zu dem Palastverwalter dort in der hellen Tunika, nenne ihm deinen Namen und Ort, lass dir den dir zustehenden Sack Mehl geben und mach, dass du davonkommst!"

Tumaran gehorchte nur allzu gern und begab sich anschließend auf dem schnellsten Wege zum großen Wasserreservoir. Dafür, dass die heiße Jahreszeit erst ihren Höhepunkt überschritten hatte, wies das enorme ovale Becken aus gestampftem Lehm, aus dem ganz Iltir versorgt wurde, erschreckend wenig Wasser auf. Es war bereits zu zwei Dritteln leer, doch die Trockenzeit würde mindestens noch einen Monat, wenn nicht länger, dauern. Bei ihm im Dorf sah es ähnlich aus. Die spärlichen kleinen Flüsse, die im Winter und Frühling die Landschaft durchflossen, waren längst versiegt. Jetzt mussten sie mit dem Wasser auskommen, das sie in ihren eigenen kleinen Zisternen gesammelt hatten. Die Zisterne von Iltir war ganz anders: groß und vollkommen glatt lagen die schrägen Wände des halb vollen Wasserbeckens über der glitzernden Wasseroberfläche. Tumaran musste die Rampe mehrere Meter hinuntersteigen, um sich am Rande des Wassers hinzuhocken und mit seiner einfachen, unverzierten Keramikschale Wasser zu schöpfen. Das abgestandene, leicht muffig riechende Wasser stillte seinen Durst. Dann wickelte er noch das Tuch ab, das er als Sonnenschutz auf dem Kopf trug, benetzte es mit dem kühlenden Nass, band es sich wieder um den Kopf und genoss die Erfrischung, die es ihm brachte. Rasch knotete er die Tonschale wieder in den Zipfel seiner Tunika, nahm den viel zu leichten Sack mit Gerstenmehl auf und folgte dem Pfad, der von hier aus den Hügel hinunter zur Stadt hinausführte. Am Stadttor wandte er den Blick von der Richtstätte und den dort ausgestellten Verurteilten ab, so wie er es bereits bei seiner Ankunft getan hatte. Zu schrecklich war ihm ihr Anblick. Sie mochten tot sein oder noch leben; so genau wollte Tumaran das gar nicht wissen, aber der Geruch des Todes, der ihm in die Nase stieg, sprach eine deutliche Sprache. „Opfer an die Götter" war die offizielle Bezeichnung der hier Gerichteten, aber ihre Opfer waren nicht freiwillig. Er ging schneller und machte, dass er nach Hause zu seiner Familie kam.

Gut drei Stunden später war Tumaran wieder in seinem Dorf angekommen. Er war sehr schnell gegangen, beinahe gelaufen, da seine Last leicht gewesen war. Kurz vor der Ankunft in seinem Dorf hatte er die örtliche Garnison passieren müssen, die von ihrer erhöhten Hügellage aus den jetzt fast ausgetrockneten Flusslauf, die Straße und die umgebenden Dörfer kontrollierte. Die Wachen fragten alle Bauern, die auf der Straße unterwegs waren, nach dem Ziel ihres Wegs. Manchmal musste Tumaran seine Ernte nur bis zur Garnison bringen, manchmal wurde er eben in die Stadt zum Palasttor geschickt. Die Entscheidungen der Verwaltung zu hinterfragen stand ihm nicht zu. Vielleicht waren die Speicher der Garnison einfach schon voll oder diejenigen des Palastes eben leer, wer wusste das schon?

Tumarans Frau Lortikis mahlte vor ihrer Hütte Eicheln zu Mehl, um damit die Gerstenvorräte zu strecken. Ihre beiden noch jungen Kinder, der ernste Lakobor, der nach seinem verstorbenen Großvater benannt war, und die kleine Nesaiun spielten mit ein paar Murmeln aus getrocknetem Lehm. Lortikis war nun schon zum fünften Mal schwanger; immerhin hatten zwei ihrer Kinder bis jetzt überlebt. Inteber, die Frau von Tumarans Bruder Beles, war bisher weniger glücklich gewesen. Von den Alten erinnerte sich niemand daran, dass jemals so viele der Kinder so früh nach der Geburt verstorben waren, aber ebensowenig konnten sie sich an derart viele Dürrejahre hintereinander erinnern.

Lortikis verbarg nur mühsam ihre Erleichterung, als sie Tumaran bei dessen Rückkehr erblickte. Der regelmäßige Gang nach Iltir war zwar beinahe Routine, aber dennoch mit gewissen Risiken verbunden. Gerade letzte Woche erst war die Nachbarin Animkei reichlich verspätet, mit gebrochener Nase, zwei fehlenden Schneidezähnen und stark humpelnd in das Dorf zurückgekehrt, als sie anstatt ihres kränkelnden Mannes, der die Reise eigentlich hätte antreten sollen, einen Sack Linsen nach Iltir gebracht hatte. Beles hatte bei ihrem Anblick angefangen, laut die gewaltverliebten Wachen und den gierigen Herrscher in seinem Palast zu verfluchen, und Tumaran hatte ihn nur mit Mühe davon abhalten können, seine Tiraden so lange zu wiederholen, bis er in echten Problemen steckte: „Verdammte Wache, dieses verfluchte Regime! Ich mache das nicht mehr mit! Was macht sie so erhaben, dass die uns derart behandeln dürfen? Wenn das so weitergeht, wird uns nichts anderes übrig bleiben, als uns zu wehren! Nur noch Gewalt kann uns retten, sage ich!"

Tumaran hatte ihm einen kräftigen Stoß mit dem Ellenbogen versetzt, während die Umstehenden sich hastig und mit möglichst unbeteiligten Gesichtern von ihm entfernt hatten. Glücklicherweise hatte keiner der Wächter oder ihrer Spione von dem Vorfall Wind bekommen, sonst wäre Beles jetzt kaum mehr bei seiner Frau. Die Strafen für Widerspenstigkeit reichten von Prügelstrafen über Halbierung der ohnehin schon mageren Rationen bis hin zu Verbannung in eine noch abgelegenere Kolonie oder gar zum Tod, wessen man sich am Stadttor von Iltir immer wieder versichern konnte. Das Strafmaß für einzelne Vergehen war schwer abzuschätzen, was vermutlich zusätzlich abschreckend wirken sollte.

Lortikis ging auf Tumaran zu und umarmte ihn herzlich. Sie war etwas kleiner als er, hager und sehnig, so wie alle im Dorf. Trotz des entbehrungsreichen Lebens, das sie führten, lächelte sie oft. Ihr Lächeln glitt jedoch in Enttäuschung ab, als sie den Sack mit Gerstenmehl sah.

„Das ist alles?", fragte sie.

„Das ist es. Und sie haben sogar angekündigt, im Haus nach versteckten Linsen suchen zu wollen. Du wirst den Brei mit mehr Eicheln strecken müssen."

Seufzend machte sie sich wieder an die Arbeit, während Tumaran den Sack mit dem kostbaren Mehl an einem Ring in der Decke aufhängte, so dass die Ratten ihn nicht erreichen konnten. Müde stillte er erst seinen Durst mit Wasser, dann ließ er sich auf die Matte vor ihrer kleinen Hütte fallen und beobachtete seine Frau beim Mahlen des Eichelmehls. Sie benutzte dabei fast die gleichen Mahlsteine wie die Müllerinnen in der Stadt für die Gerste, aber den Bauern war das Mahlen von Getreide streng untersagt. Ihre kleineren Mahlsteine waren ausschließlich für Eicheln bestimmt. Lortikis zerdrückte die zuvor geschälten, zwei Tage lang gewässerten und dann wieder getrockneten Eicheln zunächst grob mit dem Reibstein auf dem flachen unteren Mahlstein und zermahlte die Stücke dann zu Mehl, indem sie den oberen Reibstein mit beiden Händen immer wieder kraftvoll über den Mahlstein rieb, wobei sie auf den Knien hockend den ganzen Körper vor- und zurück bewegte, um die nötige Kraft aufzubringen. Je größer ihr Bauch wurde, desto anstrengender wurde diese harte Arbeit, und ihr Rücken schmerzte zunehmend. In der Ferne, am Horizont, hinter der Garnison, konnte Tumaran in der tief liegenden Sonne den Hügel und die Burg von Iltir ausmachen. Vielleicht hatte Beles doch nicht so Unrecht, dachte er in solchen Momenten, so kann es nicht ewig weitergehen, doch er verwarf den Gedanken gleich wieder erschrocken. So war es doch schon immer gewesen, oder nicht? Das war eben die Ordnung der Welt, wie sie von den Göttern aufgestellt worden war, was konnte oder durfte ein einfacher Bauer wie er schon ändern?

„Ich werde morgen früh losgehen, um Kaninchenfallen aufzustellen", unterbrach Lortikis seine Gedanken, während sie eine besonders hartnäckige Fliege verscheuchte. „Wir brauchen dringend mal wieder Fleisch. Frische Kräuter finde ich schon seit Wochen nicht mehr. Aber das ein oder andere Kaninchen wird sich im Wald hoffentlich noch auftreiben lassen."

Tumaran nickte müde. „Ja, morgen, gut. Tu das!" Kaninchen waren die einzigen Tiere, die die Bauern jagen und essen durften. Rotes Fleisch war den höheren Klassen vorbehalten. Aber um Kaninchen scherten sie sich nicht. Bei so vielen hungrigen Mäulern blieb Kaninchenfleisch dennoch eine rare Delikatesse, viel mehr noch als Linsen. Dabei hatten sie ein bisschen Abwechslung in der Ernährung dringend nötig. Tumaran würde gleich morgen wieder zum Frondienst eingezogen werden. Da die Nahrung niemals reichte und die Böden der ehemals bewaldeten Hügellandschaft schnell auslaugten, musste immer mehr Wald gerodet werden. Auch diese Aufgabe wurde den Bauern zugeteilt. So gab es immer weniger Eicheln in der Nähe des Dorfs, und auch die Kaninchen wurden rarer. Lortikis musste lange gelaufen sein, um den beachtlichen Haufen an Eicheln zu sammeln, den sie jetzt verarbeitete. Auch verbrauchte das Einweichen der Eicheln, das notwendig war, um sie essbar zu machen, viel kostbares Wasser.

Bei der Feldarbeit mussten alle mithelfen: Männer, Frauen und Kinder. Bei der Waldrodung oder dem Bau von Wasserreservoirs immerhin waren schwangere Frauen und junge Mütter jedoch ausgenommen, so dass sie die Zeit zum Sammeln, Jagen und Fallenstellen nutzen und so die karge Kost für ihre Familien aufbessern konnten. Ihnen war zwar aufgefallen, dass die Böden immer trockener wurden, je mehr Wald sie rodeten, aber sie sprachen es nicht laut aus – was konnten sie schon tun?

Kurz vor Sonnenuntergang nahm die Familie gemeinsam ihr abendliches Mahl ein: ein einfacher Brei aus Gersten- und Eichelmehl, gewürzt mit etwas Salz und einigen getrockneten Wildkräutern, die Lortikis im Frühsommer gesammelt und getrocknet hatte. Kein Festmahl zwar, aber es machte einigermaßen satt. Die untergehende Sonne glühte heute Abend ungewöhnlich rot; der Abendhimmel schien in Flammen zu stehen. Lortikis überlegte, ob das prächtige Farbenspiel am Himmel ein Omen darstellte, das mit der diesjährigen Dürre zusammenhing. Nur der Herrscher in seinem Palast hatte Zugang zum Wettergott, dessen Namen die einfachen Leute nicht einmal aussprachen, und konnte in Kontakt mit ihm treten. Ob er wusste, was vor sich ging? Als Bäuerin zog sie ohnehin die lebenspendende Fruchtbarkeitsgöttin Kubba dem herrschenden Wettergott vor.

Schon bald nach dem Essen, nachdem das Feuer sowohl im Hof als auch am Himmel verloschen war, legte sich die ganze Familie müde auf den Matten, die auf dem gestampften Lehmboden in ihrer Hütte ausgelegt dafür ausgelegt wurden, zum Schlafen nieder. Die beiden Kinder waren schnell eingeschlafen. Tumaran und Lortikis hielten sich noch an den von der Arbeit rissigen Händen und träumten heimlich – jeder für sich – von einem besseren Leben.

2

Zur gleichen Zeit legte sich auch Niosena schlafen, allerdings lag ihre Schlafmatte aus Bastfasern auf einer leicht erhöhten Bettstatt des kleinen Zimmers oberhalb ihrer Töpferwerkstatt im Handwerkerviertel von Iltir. Natürlich war es nicht wirklich ihre Töpferwerkstatt; wie alles in der Stadt gehörte sie dem Palast und war ihr nur zugeteilt worden. An diesem Tag hätte sie dem Bauern Tumaran auf seinem anstrengenden Weg zum Palastbezirk begegnet sein können, wenn sie denn nur aus der Tür ihrer Werkstatt herausgetreten wäre. Aber sie hatte diszipliniert an der vor ihr stehenden Töpferscheibe gearbeitet, um ihr tägliches Soll an Gefäßen zu erfüllen. Sie arbeitete routiniert und präzise: wunderschöne, gleichmäßig geformte, aber völlig unverzierte Töpfe, Becher und Kelche; ihre hochstieligen und dünnwandigen Tonkelche waren die schönsten in ganz Iltir und schafften es sogar bis an die Tafel des Palastes. Jetzt hatte sie die noch ungebrannten Formen zum Trocknen in den Hinterhof gestellt und die bereits getrockneten vom Vortag in die Brennerei gebracht; dann hatte sie den Ton für den nächsten Tag vorbereitet, ihn mit fein zerstoßenem Glimmerschiefer gemischt und so anschließend ausgiebig unter Einsatz ihres gesamten Körpergewichts geknetet. Das war stets der anstrengendste Teil ihrer Arbeit. Als ihr Mann Akerunin noch gelebt hatte, war er es meist gewesen, der den Großteil der Tonvorbereitung übernommen hatte, während sie die ungebrannten Gefäße in die Brennerei brachte;. Seit seinem Tod Anfang des vergangenen Jahres allerdings war Niosena nun alleine für die Werkstatt verantwortlich.

Dennoch war sie froh, wieder in diesen Teil der Stadt zurückgekehrt zu sein und ihrem Beruf als Töpferin wieder nachgehen zu dürfen. Fast ein Jahr lang hatte sie zur Strafe für ihre und Akerunins Aufsässigkeit ganz unten im Viertel als Müllerin arbeiten müssen. Die Müllerinnen und Müller arbeiteten mit kleinen Mahlsteinen, vor denen sie knieten und auf denen sie mit je einem Reibstein die Gerste vor sich zerrieben. Immer noch schmerzten Niosenas Rücken und Knie von dieser Zeit, denn es war eine harte und auf Dauer schmerzhafte Arbeit. Daher wurde sie auch gerne als Strafe für aufmüpfige Handwerker eingesetzt. Die Fertigkeiten der Leinweber, Bäcker, Schlachter, Gerber, Töpfer, Waffenschmiede oder gar Silberschmiede waren zu kostbar, um diese zu verbannen oder womöglich sogar zu töten, auf diese Weise aber fing man zwei Kaninchen in einer Falle: die Handwerker muckten nicht auf und die Gerste wurde gemahlen. Immerhin musste das gesamte Getreide des Landes in Iltir vermahlen werden, auch dasjenige, das als Ration den Bauern zurückgegeben wurde. Natürlich gab es auch

Müllerfamilien, die ausschließlich diesem Beruf nachgingen. Sie gehörten zwar zur Klasse der Handwerker und standen somit über den Bauern, waren aber innerhalb ihres Standes ganz unten angesiedelt, sogar noch unter den Gerbern, was sich auch in ihrem Wohnort am Fuße des Handwerkerviertels bemerkbar machte, gleich an der Stadtmauer, wo die Luft am stickigsten war und wo nur selten ein frisches Lüftchen wehte, das die mehlgeschwängerte Luft fortgetrieben hätte. Die Angehörigen der Müllerfamilien waren leicht an ihrem gebeugten und humpelnden Gang zu erkennen, auch wenn sie sich den weißen Staub aus den Haaren gekämmt hatten. Die Gerber dagegen konnte man leicht am Geruch erkennen und die Weber an den Rillen an ihren Schneidezähnen, die mit der Zeit entstanden, weil sie die Fäden bei der Arbeit immer wieder mit den Zähnen festhielten. Wahrscheinlich, dachte Niosena, war sie für andere ebensogut auf den ersten Blick als Töpferin auszumachen.

Ihre Strafe war sicher hart gewesen, aber im Vergleich zu ihrem Mann hatte sie es ja nicht so schlimm getroffen. Eigentlich hätte Akerunin nicht getötet werden sollen, er war schließlich ein guter und sorgfältiger Töpfer. Aber General Agallu von der Wache hatte seinen Dolch nicht zurückhalten können oder wollen. Anschließend hatte Agallu behauptet, er habe sich verteidigen müssen und der Tod Akerunins sei im Eifer eines ausbrechenden Gerangels geschehen. Natürlich hatte sich niemand getraut, ihm zu widersprechen. Und so war Akerunin im benachbarten Haus seines älteren Bruders unter dem Fußboden, so wie es Brauch war, zusammen mit einigen seiner schönsten Keramikgefäßen in einem enormen Tonkrug bestattet worden und Niosena war ein Jahr zu den Müllerinnen geschickt worden. Kinder hatten sie noch keine gehabt.

Jetzt durfte Niosena wieder Tongefäße formen, gemäß den strengen Vorgaben des Palastes, versteht sich. Am Ende eines langen Arbeitstages dann hatte sie im Hof zusammen mit der Familie ihres Schwagers – einem gutmütigen Mann mittleren Alters, der mit seiner Frau und ihren beiden Kindern in der direkten Nachbarschaft lebten – Gersteneintopf mit Linsen zu Abend gegessen. Sie hatten zusammen noch einen Becher Bier getrunken, ein wenig über Tonqualität, Magerung, Glimmerschiefer und Trocknungszeiten gefachsimpelt („Ich sage dir: der neue Ton, den sie uns zugeteilt haben, hat nicht dieselbe Qualität wie früher. Wie soll ich damit bitteschön die feinwandigen Kelche für den Palast formen?"), ein paar Bemerkungen zum Wetter in diesem Jahr gemacht („Meiner Meinung nach, aber sag's bloß nicht weiter, ist der Wettergott nicht mit unserem König zufrieden. Vielleicht sollte er zur Abwechslung mal der Fruchtbarkeitsgöttin ein Opfer bringen?"), und hatten sich dann müde in ihr jeweiliges Haus zur Nachtruhe begeben. Und während Tumaran und seine Frau in ihrem Dorf bereits selig schlummerten, dachte Niosena noch über die Ereignisse nach, die ihr vor gut einem Jahr ihren Mann genommen hatten. Eigentlich waren sie selber schuld gewesen, dachte sie, es war reine Gedankenlosigkeit, die sie an diesen Punkt geführt hatte. Aber nein, sie hatten ja unbedingt etwas Neues probieren müssen, hatten versuchen müssen, ihre Fähigkeiten zu erweitern, auszuprobieren, zu verschönern, auszuschmücken. Diese neuen, verzierten Keramikformen, die mit ihren eingeritzten und eingedrückten Mustern nicht den offiziellen Vorgaben entsprachen (es waren unverfrorenerweise sogar zwei kleine Tierstatuetten und eine üppige Frauenfigur darunter gewesen), hätten sie natürlich nie in die Brennerei gebracht; es war ein Spiel gewesen, nichts als eine Studie, ein Versuch. Aber in der hintersten Ecke des Hofes waren ihre ungebrannten Experimente von der Wache entdeckt worden und innerhalb von Minuten sahen sich die beiden mit Anschuldigungen konfrontiert, die sie bei ihrer Arbeit gar nicht im Sinn gehabt hatten: Missachtung der Ahnen, Lästerung der Obrigkeit, Ungehorsam, Aufruhr! Ihr Mann hatte sich zu verteidigen versucht und General Agallu zu widersprechen gewagt und so war Eines zum Anderen gekommen und Niosena jetzt eben alleine. Die ungebührlichen Objekte waren zerstört worden, zerstoßen und zu Staub zermahlen, um neue, ungefährliche, gottgefällige, schlichte und glatte Erzeugnisse daraus zu formen. Abbildungen waren Zugriff auf Dinge, die den Göttern vorbehalten waren, daher machte man nun einmal keine; Verzierungen zeugten von Übermut, sie waren liederlich und damit basta. Schlichtheit, Funktionalität, Nüchternheit und Fleiß waren die Grundlagen für die Fortdauer der Gesellschaft. Die verschleierten Götter in ihrer Schönheit und Macht zeigten sich nur dem Priesterkönig und dessen engster Familie; dem Rest der Bevölkerung stand dieses Privileg nicht zu. Wo käme man denn hin, wenn jeder alles ausschmücken und darstellen könnte, wie er wollte? Am Ende würden sogar die Bauern noch ihre Stimme erheben und womöglich eine eigene Meinung äußern!

Der neue Tag begann für Niosena wie für alle anderen auch bei Sonnenaufgang, wenn die Luft noch frisch und der Lehm der Hauswände noch kühl war. Wie jeden Morgen kehrte sie vorsichtig die Krümel des vom Vortag übrig gebliebenen Brots zusammen, dessen Reste sie zum Frühstück gegessen hatte, und warf sie den Vögeln im Hof hin, um ihnen beim Aufpicken der Brotkrumen zuzusehen. Sie liebte diese Morgenstunden. Es war, als ob jeder Tag neue Möglichkeiten mit sich brächte. Erst am Abend merkte man dann, dass der Tag genau wie jeder andere gewesen war. Aber jeder Morgen erschien ihr wie eine Verheißung – so war es schon immer gewesen. Sie wusch sich das Gesicht mit dem Wasser aus ihrer irdenen Waschschüssel. Dann warf sie sich eine helle Tunika über, knotete sich einen Gürtel um die Taille und band ihr langes Haar zusammen, das schon von grauen Strähnen durchzogen war. Jetzt, mit zurückgebundenen Haaren, war das Feuermal auf ihrer Schläfe gut zu sehen, das sie seit ihrer Geburt hatte. Eine Tante hatte das Mal damals als schlechtes Omen gewertet, aber in Wirklichkeit hatte es weder sie noch ihren Mann noch sonst jemanden in ihrer Familie je gestört. Niosena nahm einen Korb für Brot sowie den Wasserkrug und trat aus dem Haus auf die Straße. Bevor sie zu dem in der Nähe ihres Viertels gelegenen großen Wasserreservoir ging, aus dem sie das Wasser für den Tag schöpfte, führte ihr Weg sie zum Backhaus der Nachbarschaft, wo sie die ihr für den Tag zustehende Ration an Gerstenfladen erstand. Die Bäckersfrau war wie immer freundlich und sie hielten ein Schwätzchen über das Thema, das in letzter Zeit alle Gespräche dominierte: die anhaltende Trockenheit und die in letzter Zeit so außergewöhnlichen Morgen- und Abenddämmerungen. Manche sahen in ihnen Vorzeichen: gute oder schlechte, das war die Frage. Jedoch schien mit den noch warmen Brotfladen im Korb, von denen sie sogleich genascht hatte, alles halb so schlimm, und das halb volle Wasserreservoir glitzerte in der morgendlichen Sonne, als sie nähertrat. Die dort postierten Wachen mit ihren Hellebarden und Dolchen grüßte sie geflissentlich und mit aufgesetzter Höflichkeit. Eigentlich, so dachte sie, war das Leben doch gar nicht so schlecht, zumindest nicht am Morgen und als Töpferin und mit vollem Bauch. Wenn nur diese verdammte Wache mit ihrer Arroganz und ihren scharfen Waffen nicht wäre! Sie vertrieb den ungebührlichen Gedanken schnell wieder und schöpfte Wasser für den Tag.

3

General Agallu empfand seine Morgenstunden als weit weniger harmonisch. Nicht nur, dass er wie jeden Tag bei Sonnenaufgang seine Truppen inspizieren und mehr als einmal Mitglieder der Wache für ihre Nachlässigkeit scharf zurechtweisen musste, nein er war auch im Morgengrauen in den Palast beordert worden, von Tattis persönlich. Er würde es vorher nicht mehr schaffen zu frühstücken, also ging er mit knurrendem Magen die wenigen Schritte von seinem Diensthaus zum Palasttor. Die beiden diensthabenden Wachen salutierten, indem sie die Holzstäbe ihrer Hellebarden dreimal rhythmisch auf den Boden stießen. Agallu nickte ihnen abwesend zu. Den jungen Mann zu seiner Rechten kannte er gut, war er doch der Sohn eines Cousin zweiten Grades. Aber wer war noch gleich der Jüngling auf der anderen Seite? Ihm spross ja noch kaum ein Bart, dennoch stand er breitbeinig und mit eifriger Miene vor dem Eingang und versuchte, die Brust nach oben gereckt, größer zu wirken als er war. Die Miliz rekrutierte ihre Mitglieder früh. Es waren ausschließlich junge Männer aus der Kriegerklasse, die hier dienten. Deshalb war Agallu auch mit den meisten von ihnen wenigstens über ein paar Ecken verwandt. Der Junge hier hingegen kam wahrscheinlich von einem der Außenposten, in dem andere Kriegerfamilien bereits seit zwei oder drei Generationen lebten. Eltern der Kriegerkaste gaben ihren Söhnen bereits bei der Geburt bevorzugt martialische Namen, die ihre kriegerische Bestimmung hervorhoben. Der Name Agallu, zum Beispiel, hatte in der alten Sprache des Ostens die Bedeutung „Ich bin bereit zu sterben", obwohl diese Aussage in Wahrheit mitnichten auf die Ambitionen des Generals zutraf.

Ohne den Jungen eines weiteren Blickes zu würdigen, betrat Agallu den Palast und strebte direkt auf den Versammlungssaal zu. Er sah sich um, denn Tattis war offensichtlich noch nicht eingetroffen. Der Saal, dessen Decke durch eine Reihe von hölzerne Säulen entlang der Mitte gestützt wurde, war mit einer umlaufenden Bank versehen, die zum Kopfende des Saals, wo der Herrscher während offizieller Zusammenkünfte zu sitzen pflegte, stetig höher wurde. So konnten die Versammelten gemäß ihrem Status in einer genau festgelegten Reihenfolge in unterschiedlicher Höhe sitzen. Die niedersten Teilnehmer des Rates, die Repräsentanten der unteren Klassen hockten dabei knapp über dem Boden. Die Wände über der umlaufenden Bank waren glatt verputzt und ohne jedes unnötige Dekor mit Zinnober in königlichem Rot angemalt. Der Saal war fensterlos; Tageslicht drang nur durch die Tür in den Raum. In der zentralen Feuerstelle, die während der Versammlungen für Licht und im Winter auch für Wärme sorgte und auf der wohlriechendes Harz verbrannt wurde, flackerte an diesem Morgen kein Feuer und die mit Wachs und Fett gefüllten Lampenschalen aus Ton waren nicht entzündet, daher lag der Saal im Halbdunkeln.

Ein fünffaches Klopfen von Hellebardenstangen kündigte die Ankunft des Herrschers an. Tattis, dessen Name „Vater" bedeutete und überdies den erstgeborenen Königssöhnen vorbehalten war, deren Verantwortung und Autorität er unterstrich, trat ein: aufrecht, würdevoll, sich seiner doppelten Rolle als Herrscher und oberster Priester bestens bewusst. Er war größer als die meisten Menschen, die Agallu kannte, und auch ein wenig fülliger. Betont wurde seine physische Präsenz durch ein Gewand aus rot gefärbtem, sehr feinem Leinen; die rote Farbe war ein Privileg der Adelsfamilien. Bauern trugen ungefärbtes, Handwerker gebleichtes Leinen in gedeckten Farben, die Wache hingegen war an ihren kurzen gelben Tuniken zu erkennen. In Tattis' Gürtel steckte ein silberner Dolch und seinen Kopf krönte ein schlichter silberner Reif. Sein langes Haar darunter, das ihm ein einem von silbernen Spiralen gehaltenen Zopf auf den Rücken fiel, hatte in den letzten Jahren beinahe die Farbe des Silbers angenommen. Seine Ohrläppchen wurden von großen, silbernen Tunnelpflöcken geziert, durch deren weite Öffnung wiederum silberne Ringe gezogen waren. Auf seiner Stirn waren auch jetzt noch die Spuren des Schwerthiebes zu erkennen, die er sich als junger Mann beim Kampftraining gegen seinen Bruder zugezogen hatte. Eigentlich hätte die Waffe damals stumpf sein sollen, aber das waren alte Geschichten. Kurzum: Tattis war eine eindrucksvolle Gestalt, die sich von den Menschen in seiner Umgebung deutlich abhob.

General Agallu verneigte sich und wartete darauf, dass der Herrscher das Wort ergriff. Eine Zeitlang blieb es still, während Agallu den im Halbdunkeln stehenden König aus den Augenwinkeln musterte. Trotz seines herrschaftlichen Auftretens hielt der General ihn insgeheim für schwächlich und wenig entscheidungsfreudig. Er vertraute zu sehr auf die Gnade der Götter. Im Zweifelsfalle hielt Tattis ein Tieropfer stets für das Mittel der Wahl und er hielt viel auf seine besondere Verbindung zum Götterkönig und Wettergott Taru, die er immer gerne betonte. Eigentlich zog Agallu dessen jüngeren Bruder Muwa vor. Der, so dachte der General, war ein Mann der Tat, einer, der vor nichts zurückschreckte. Immerhin hatte er Muwa selber an der Waffe ausgebildet.

„Wie würdest du die momentane Lage einschätzen, Agallu?", unterbrach der König endlich die angespannte Stille.

„Die momentane Lage?", fragte er etwas erstaunt zurück. Noch so eine Sache. Ein König sollte befehlen, nicht fragen. „Nun gut", antwortete der General, „die andauernde Dürre macht allen zu schaffen und wir mussten hier und da ein paar Aufrührer disziplinieren, aber im Großen und Ganzen haben wir alles unter Kontrolle, wie immer. Der Ruf unserer Waffen eilt uns voraus, vor der Magie des Metalls kuschen unsere Bauern."

„Dann ist ja gut. Mir ist nämlich zu Ohren gekommen, dass die Zahl der Ungehorsamen steigt. Die Bauern, so heißt es, beschweren sich: über tote Kinder und zu wenig Wasser. Manche verlangen nach wöchentlichen Linsenrationen oder behalten sogar einen Teil ihrer Ernte ein. Wir werden das nicht dulden können."

Agallus Gesicht zuckte ein wenig. Natürlich hatte Tattis seine eigenen Spione, sowohl in Wilusipami als auch in den Dörfern, weil er der Wache nie ganz traute. Er kannte sogar die Namen einiger dieser Spione, weil er im Gegenzug selber seine Informanten hatte. Letzten Endes vertraute Agallu niemandem.

„Dessen bin ich mir bewusst, Herr", entgegnete er, „aber die Betreffenden werden hart bestraft. Alleingänge der Bauern können wir uns in der Tat nicht leisten. Seid unbesorgt."

„Und die Handwerker? Was hast du mir über die Situation hier in der Stadt zu berichten?"

Agallu fuhr sich mit der Hand über den kurz gestutzten Bart, bevor er antwortete: „Wir haben die Stadt vollständig unter Kontrolle. Die Leute murren ein wenig, weil es heiß ist und das Wasser rar, aber im Herbst geht das mit Sicherheit wieder vorbei. Alles was wir brauchen ist Regen und somit eine gute Ernte. Wenn die Bauern erst einmal wieder ein paar Linsen im Bauch haben, sind auch sie zufrieden. Bis dahin werden wir auf Disziplin pochen, macht euch keine Sorgen!"

„Denkt daran: Das Ganze geht vor, die Teile müssen sich fügen. Nur so haben alle ein Leben in Sicherheit."

„So ist es, Herr!"

„Ich werde um Regen beten. Und du vergiss nicht: Die Sicherheit des Landes liegt in deiner Verantwortung. Ich vertraue da ganz auf dich und deine Männer!"

„Von wegen!", dachte Agallu, verneigte sich jedoch höflich und machte, dass er aus dem düsteren Versammlungssaal kam.

In der Zwischenzeit hatte sein Magen so gewaltig zu rumoren begonnen, dass er als Erstes nach Hause zurückkehrte, um sein Frühstück – bestehend aus Brot, Butter, Käse und Honig – zu sich zu nehmen. Seine Frau hatte bereits gefrühstückt, und so nahm Agallu sein Mahl schnell im Stehen ein und verzichtete auf den gedeckten Tisch, den ihm die Dienerin hergerichtet hatte. Derart gestärkt begab er sich endlich zum Exerzierplatz, auf dem einige seiner Untergebenen bereits damit beschäftigt waren, die jungen Rekruten im Umgang mit Hellebarde, Schwert und Dolch auszubilden. Hier hob sich seine Laune endlich; der Drill der Rekruten war der Teil seiner vielfältigen Aufgaben, der ihm wirklich Freude bereitete. Er stoppte ein paar junge Männer, eigentlich noch halbe Kinder, die gerade mit stumpfen Holzwaffen aufeinander losgingen.

„So nicht!", rief er.

Die beiden Rekruten ließen ihre Waffen sinken und sahen ihn fragend an. Als sie bemerkten, wer da vor ihnen stand, richteten sie sich zu ihrer vollen Größe auf und neigten den Kopf zur Begrüßung.

„Erst die Hellebarde, seht her!" Mit diesen Worten nahm er einem der Jungen die Holzwaffen ab und erhob mit der einen Hand die lange Hellebarde, mit der er auf den Kopf des anderen Jungen einzudreschen drohte. Dieser blickte hinauf und hob seinerseits seine Holzwaffe, um den Schlag abzuwehren. In diesem Augenblick der Ablenkung stieß General Agallu von unten mit dem Holzdolch zu. Der Junge zuckte kurz zusammen und nickte dann anerkennend. „Ich habe verstanden", sagte er.

„Du auch?", fragte Agallu den anderen Rekruten.

„Jawohl!"

Er warf dem Jungen wieder seine Trainingswaffen zu, die dieser in der Luft auffing. „Weitermachen!", befahl der General ihnen.

So verbrachte Agallu die folgende Stunde, ging von einem Kämpferpaar zum nächsten, gab Ratschläge, lobte die Besten, bestrafte aber auch Ungeschick und Faulheit mit Ohrfeigen, und unterhielt sich mit den Ausbildern über die Fortschritte der Rekruten, bis er seinen unmittelbaren Stellvertreter Happuala (dessen Name äußerst treffend, wenn auch wenig fantasievoll, „Anführer von Soldaten" bedeutete) in den Exerzierhof treten sah. Die beiden Männer nickten sich zu und trafen sich in einer ruhigeren Ecke des Hofes, gleich neben den Pferdeställen. Die beiden standen sich nahe; Agallu brachte dem jüngeren Mann beinahe so etwas wie Vertrauen entgegen.

„Ich habe gehört, du warst heute morgen bei Tattis?", sprach Happuala ihn an.

„Das spricht sich aber schnell herum!"

„Na, was glaubst du denn?" Happuala grinste. „Im Ernst, was wollte er?"

„Tattis hat von den Bauern gehört, die versucht haben, einen Teil der Ernte für sich einzubehalten, und von den paar Handwerkern, die murren. Offenbar macht er sich Sorgen, aber ich habe ihn beruhigt, habe erklärt, dass wir die Situation unter Kontrolle haben." Agallu tätschelte das scharfe Bronzeschwert an seinem Gürtel.

„Stimmt ja auch. Es war nicht das beste aller Jahre, aber das wird schon wieder."

„Dennoch hat er in diesem Fall Recht: Wir dürfen die Unzufriedenheit des Volkes nicht unterschätzen und müssen jede Anstiftung zum Aufruhr im Keim ersticken. Dies ist eine offizielle Order und sie ist umgehend an alle Wachen weiterzuleiten: Erhöhte Aufmerksamkeit, konsequentes Durchgreifen, Ruhe und Ordnung!" Seine Stimme war mit den letzten Worten lauter geworden, aber jetzt senkte er sie wieder. „Tattis hat seine eigenen Informanten überall und ich möchte nicht mit der Anschuldigung konfrontiert werden müssen, dass wir uns an der Nase haben herumführen lassen, verstanden? Immerhin sind wir es, nicht er, die für die Sicherheit der Stadt und des Landes sorgen."

Happuala nickte.

Bereits an diesem Nachmittag konnten aufmerksame Bewohner der Stadt bemerken, dass die Augen der Wächter von Wilusipami noch wachsamer umher blickten, ihre

Ohren noch gespitzter und die Hand noch schneller am Dolch waren als üblich. Zur gleichen Zeit waren Boten auf Maultieren in die Bauerndörfer unterwegs, um den dortigen Wachleuten die Anweisung zu erteilen, aufmerksamer zu sein, noch härter durchzugreifen und jeden Widerstand von vornherein zu unterdrücken. Das Leben der Bauern sollte in den kommenden Wochen und Monaten alles andere als einfacher werden.

4

Tattis, Priesterkönig und Herrscher über Wilusipami und das gesamte umliegende Land, blickte aus dem Fenster seines Palastes auf die unter ihm liegende Stadt, die Ebene darunter und die sie umgebenden Hügel. Von hier aus gesehen war das Ausmaß der Dürre gut zu überblicken. Jeden Tag kam Tattis hier hinauf, um sich einen Überblick über die Situation zu verschaffen: Das Land war kaum mit gelben Stoppeln bedeckt, Windböen fegten Staub auf und trieben ihn gelegentlich in kleinen Windhosen vor sich her. Die schmalen Flussbetten, in denen zumindest saisonal das Wasser floss, waren bereits seit Monaten braun und rissig. Er beobachtete nachdenklich einen Adler, der hoch über der Ebene langsam seine Kreise zog, offenbar auf der Suche nach Beute. Dann senkte sich der Blick des Königs wieder hinunter auf die Stadt. Er fiel auf die große Zisterne unterhalb des Palastbezirks, die um diese Jahreszeit auch noch wesentlich voller hätte sein müssen. Tattis würde dem Wettergott Taru, dem König der Götter, oder dessen Sohn, dem Vegetationsgott, erneut ein Opfer bringen, doch schon lange schien ihn der Gott nicht mehr anzuhören. Auch dass seine Ehe mit Anniti, die dem Brauch seiner Familie gemäß nicht nur Tattis' Frau war, sondern auch seine Cousine, bislang kinderlos geblieben war, konnte als schlechtes Vorzeichen gedeutet werden. Anniti war zwar schon dreimal schwanger geworden, hatte das Kind aber jedes Mal bei einer Fehlgeburt verloren. Eine Tochter hatte die Geburt zwar überlebt, war aber keine zwei Monate nach der Geburt ebenfalls verstorben. Schon wurden die ersten Stimmen laut, dass Tattis sich eine Zweitfrau nehmen solle. Er würde sich langsam Gedanken über eine passende Kandidatin machen müssen. Seine Frau Anniti würde nicht erfreut sein, aber schließlich hatte er als Vater des Königreichs gewisse Erwartungen zu erfüllen. Als Priesterkönig hatte er nicht nur die Macht über die Stadt, das Land und die Menschen inne, sondern auch exklusiven Zugang zu den Göttern, allen voran zu Taru, dem mächtigen Wettergott, der gleichzeitig der Gott über Kampf und Sieg war. Sollten seine Untertanen an seiner besonderen Verbindung mit den Göttern zu zweifeln beginnen, wäre womöglich auch seine Legitimation dahin, grübelte der König. Und wenn Taru ihm wirklich seine Gunst entzogen hätte? Oder vielleicht hatte er sich aus irgendeinem Grund völlig aus den Angelegenheiten der Menschen zurückgezogen? Sie konnten nichts weiter tun als auf die unwilligen Götter zu vertrauen. Die nächste Ernte musste einfach wieder gut werden und bis dahin blieb Tattis nichts weiter übrig, als jeglichen Zweifel im Keim zu ersticken. Daher hatte er am Morgen nach Agallu schicken lassen – er musste einfach Zeit gewinnen. Er würde erneut ein Pferd opfern, vielleicht auch zusätzlich einen Stier. Letztere wurden vom Wettergott besonders geschätzt. Nur wenn auch die zusätzlichen Opfer keinen Erfolg versprächen, würde er über schärfere Maßnahmen nachdenken müssen. Die Götter ernährten sich vom Geruch der gebratenen Tiere, während das Fleisch selber von der Herrscherfamilie und den Priestern konsumiert wurde. Er würde einen besonders prächtigen Hengst aus seinem eigenen Stall wählen, ebenso einen starken und wilden Stier. Und er würde das Opfer am oberen Tor vollziehen, damit alle es sehen könnten. Die Bauern würden natürlich großen Abstand halten müssen, damit sie das Opfer nicht verunreinigten und die Götter somit verärgerten. Vielleicht sollte er überdies zu Ehren dieses Tages doppelte Portionen Gerstenmehl verteilen lassen, um die Stimmung im Volk zu heben. Tattis rief seinen Verwalter herbei und gab die entsprechenden Anweisungen.

Das Mittagessen nahm der Herrscher von Wilusipami üblicherweise in kleinem Kreise ein, oft nur mit seiner Frau Anniti. Das Abendmahl hingegen, das kurz vor Sonnenuntergang eingenommen wurde, um das letzte Licht des Tages zu nutzen, war formellen Zusammenkünften mit Mitgliedern des Hofstaats gewidmet. Nun also, zur Mittagsstunde, betrat Tattis das Speisezimmer und begutachtete, was die Diener aufgetischt hatten: Scheiben von gebratenem Pferdefleisch auf Linsen, gewürzt mit wildem Senf, frisches Fladenbrot, Ziegenkäse, Schmalz gemischt mit Honig, getrocknete Feigen und Met. Er nahm sich einen Becher Met und ein Stück Brot, bestrich es mit Honigschmalz, biss hinein und wartete im Stehen auf seine Frau. Kurz darauf betrat Anniti gleichfalls den Raum, die genau wie ihr Mann in herrschaftliches Rot gekleidet war. Auch ihren Kopf zierte ein schmales silbernes Band, das zugleich ihr kunstvoll geflochtenes Haar, das wie das ihres Mannes von silbernen Spiralen geschmückt war, zurückhielt. Auch ihre Ohrläppchen waren mit tunnelförmigen Pflöcken und Ringen geschmückt. Um den Hals trug sie eine Kette aus vielen bunten Perlen. Anniti setzte sich vorsichtig auf eines der Kissen an den niedrigen Tisch. Heute plagten sie wieder schlimme Rückenschmerzen. „Naru will dich wieder einmal sprechen. Sie kommt gleich und isst mit uns zusammen", sagte sie schnörkellos.

Die derart Angekündigte war Annitis jüngere Halbschwester, mithin Tattis' Cousine und gleichzeitig seine Schwägerin. Der König überlegte einen Augenblick lang, ob sie eine geeignete Kandidatin für eine Zweitfrau wäre, verwarf den Gedanken dann aber wieder. Naru war bereits seit ihrer Kindheit Tattis' jüngerem Bruder Muwa versprochen. Die Hochzeit sollte bald, nach dem Ende der Sommerzeit, stattfinden, wenn die Tage wieder kühler wurden. Auf diese Weise blieb das Priesterkönigtum rein und mächtig. Die Heiratspolitik der Dynastie zeigte offenbar seine Wirkung: Naru war seit ihrem vierzehnten Lebensjahr besonders anfällig für die Nachrichten der Götter. Wenn er es sich recht überlegte, wäre eine Hochzeit mit ihr vielleicht doch sinnvoll. Muwa wäre natürlich außer sich. Tattis würde ihm zum Ausgleich ein großes Geschenk machen müssen. Einfach würde es nicht werden, aber zum Wohl des Landes...

„Hast du mich gehört?", unterbrach Anniti seine Gedanken. „Naru möchte mit uns zusammen essen."

Tattis riss sich aus seinen Überlegungen. „Was will sie denn?", fragte er schließlich.

„Sie möchte mit dir über den Willen der Götter sprechen. Ich glaube, ..."

„Hatte sie etwa schon wieder eine Erscheinung?", unterbrach ihr Mann sie.

Anniti nickte stumm, während ihr Augenrollen verriet, was sie wirklich über die Visionen ihrer Halbschwester dachte. Ihr Mann allerdings maß den Schilderungen Narus große Bedeutung zu. Auch Anniti würde über die Möglichkeit, dass er Naru zur Zweitfrau nehmen könnte, alles andere als erfreut sein. Tattis fragte sich, ob es den Ärger wert sein würde.

Es dauerte noch einige Minuten, bis Naru tatsächlich eintraf, währenddessen Tattis und Anniti bereits schweigend mit dem Essen angefangen hatten. Die junge Frau setzte sich zu ihnen auf ein Kissen, während ihre Schwester ihr mit einem freundlichen, bei näherem Hinsehen aber doch ziemlich aufgesetzten Lächeln eine der dünnwandigen und polierten, jedoch völlig unverzierten Schüsseln aus dunkel gebranntem Ton zuschob. Noch bevor sie sich von den Speisen auflegte wandte sie sich an Tattis: „Hör zu: Taru, der Wettergott, hat mich vergangene Nacht im Schlaf besucht."

Der so Angesprochene nickte schwerwiegend. Tief im Innersten fühlte er sich verletzt darüber, dass die Götter seine Schwägerin ihm vorzogen; es war ein schlechtes Omen. Außer natürlich, sie würde doch seine Frau werden. „Und?", fragte er daher nur knapp.

Anniti blickte starr auf ihre auf der Tischplatte verschränkten Hände. Die silbernen Fingerringe sollten den Blick von ihren unnatürlich verkürzten Daumen ablenken. Bei ihrer jüngeren Schwester war die Anomalie etwas weniger stark ausgeprägt. Sie litt auch nicht ständig unter Rückenschmerzen. Was nur war der Wille der Götter?

„Ein großes Opfer ist den Göttern willkommen; sie werden sich unser erbarmen. Es wird wieder regnen."

„Das ist gut."

„Dennoch wird es zu Unruhen kommen. Ich habe hungrige und wütende Menschen gesehen: Bauern und sogar einige Weber, Töpfer, Gerber und Müller: all die niederen Stände. Feuer brannten und erloschen dann wieder", fuhr Naru fort.

„Das ist gar nicht gut." Tattis Miene verfinsterte sich erneut. Ein Aufstand war das, was er am meisten fürchtete, und der Grund, warum die Wache immer weiter aufgestockt und aufgerüstet wurde. „Hast du auch etwas über mich gesehen?"

„Ich habe sogar eine direkte Nachricht von Taru erhalten: Seid unbesorgt! Kein König von Wilusipami soll jemals durch Waffen umkommen."

„Also ist mir immerhin kein gewaltsames Ende beschieden." Er winkte einen seiner Leibwächter herbei. „Dennoch, verdoppelt die Wachen am Palasttor!"

„Wenn die Flüsse wieder Wasser führen, wird es allen besser gehen. Wann findet das Opfer statt?", fragte Anniti.

„In drei Tagen. Es wird ein großes Opfer sein. Ich habe bereits alles veranlasst." Tattis leerte seinen Becher Met in einem Zug.

Während des restlichen Mittagsmahls sprachen sie kaum ein Wort miteinander. Jeder der drei hing den eigenen Gedanken nach.

Das Große Opferfest war eine großartige Inszenierung, eine eindrückliche Zeremonie von alters her, die die herausragende Stellung des Priesterkönigs und der durch ihn repräsentierten Ordnung verdeutlichen und so seine Macht legitimieren sollte. Ein prächtiger Hengst und ein besonders starker schwarzer Stier waren als Opfertiere ausgewählt worden, sie waren mit roten Bändern geschmückt und warteten nun, gehalten von jeweils vier Dienern, auf ihren Opfertod vor dem Palasttor. Tattis selber würde die Klinge führen und das Blut der Opfertiere würde die Straßen von Wilusipami hinunter rinnen und

symbolisch die Fruchtbarkeit in das Tal tragen. Anschließend würden die Tiere zerteilt und auf großen Rosten gebraten werden, auf dass der Duft des gebratenen Fleisches die Götter erfreuen würde. Im Palast würden anschließend tagelang große Portionen Fleisch zum formellen Abendmahl der Ratsversammlung gereicht werden,
die im Thronsaal mit seiner schrägen, rundum verlaufen-
den Bank stattfanden.

Tattis und Anniti hatten sich den ganzen Tag durch
Fasten und Bäder auf das Ereignis vorbereitet, um rituell
rein zu sein. Beide trugen sie blutrote Gewänder, silberne
Dolche am Gürtel und breite, schmucklose silberne Diademe auf dem Kopf sowie ihren üblichen, silbernen Ohr-
und Haarschmuck. Begleitet wurden sie in einer Prozession von den übrigen Mitgliedern des Herrscherclans
sowie zahlreichen Wachen.

Menstruierende Frauen und andere unreine Personen
waren von dem Ereignis ausgeschlossen und die Bauern
durften es sowieso nur aus der Ferne beobachten. Niosena zog es vor, die Szenerie vom flachen Dach ihrer Wohn-
werkstatt aus zu betrachten, so wie die meisten ihrer
Nachbarn auch. Wie alle anderen hoffte auch sie inbrüns-
tig, dass das Opfer den Göttern genehm war und die er-
hoffte Wirkung zeigen würde: Regen und eine bessere
Ernte für das kommende Jahr.

Zuerst verbrannten Priester, in ihre weißen Gewänder
unter einem dunklen Mantel gekleidet, große Mengen an
Mastix, dem Harz des wilden Pistazienbaums, dessen
wohlriechende Schwaden in den Himmel stiegen. Wäh-

renddessen rezitierte ein Priester in zunächst dunkel-
trauerndem Sprechgesang unter den rhythmischen Be-
gleitung dumpfer Trommelklänge das Epos von Verschwinden und Wiederkehr des Vegetationsgottes, des
Sohns des Wettergotts und der Sonnengöttin:

„Nicht mehr ehrten die Menschen die Götter,
ihren König verachteten sie.
Darob wurde der Gott der Felder zornig
und ging davon in brausender Wut.
Da erstickte im Herd das Feuer.
Fort war der Fruchtbarkeit Gott:
Auf dem Felde starb Schaf und Rind,
das Schaf verstieß ihr Lamm,
die Kuh verließ ihr Kalb.
Fort war der Fruchtbarkeit Gott:
Nicht mehr gediehen Gerste und Linsen.
Auch des Menschen Kinder starben.
Die Hügel verödeten,
die Wälder verdorrten, so auch die Felder.
Es versiegten die Flüsse
und allüberall herrschte der Hunger.
Selbst der Götter Hunger blieb ungestillt,
obwohl sie aßen und tranken.
Da begannen die Götter
nach dem Gott der Felder zu suchen.
Einen Adler entsandte der Sonnengott,
aber der Adler fand ihn nicht.
Selber zog los sodann der Wettergott,

seinen Sohn zu suchen.

Aber auch er fand ihn nicht."

Hier erhob der Priester langsam steigernd seine Stimme, der Singsang wurde zusehends freudiger und steigerte sich schließlich zur feierlichen Deklamation der letzten Zeilen:

"Darauf entsandte seine Mutter eine Biene,
um ihren Sohn zu suchen.
Die Biene wusste den Gott der Felder zu finden:
in einem Sumpf versteckte er sich.
Die Biene stach ihn, opfernd ihr Leben,
und stachelte auf den Gott.
Zornig verließ dieser sein Versteck.
Aufblickend sah er:
Alles Leben auf Erden lag darnieder.
Und er fasste sich ein Herz
und kehrte zurück zu den Seinen.
Die Götterschar bannte des Gottes Zorn
und schloss ihn ein in metallenem Gefäß
und vergruben es tief unter der Erde,
auf dass sein Zorn nie wieder
gefährde das Leben auf Erden.
Neu entflammte im Herd das Feuer
und auf den Feldern grasten Schaf und Rind,
das Mutterschaf säugte ihr Lamm,
das Kalb fand Labung am Euter der Mutter.
Auf den Feldern gediehen Gerste und Linsen.

Frauen gebaren gesunde Kinder.
Die Hügel blühten, die Wälder wuchsen,
die Felder trugen reiche Frucht.
Die Flüsse führten Wasser
und gesättigt wurden Götter und Menschen.
Und die Menschen ehrten die Götter
und gehorchten ihrem König.
Denn in Zustimmung und Gehorsam
liegen Wachstum, Gedeihen und Sättigung."

Nach Ende des Vortrags vollführte Anniti das Trankopfer, indem sie Honigmet aus einem besonders großen Stierhorn auf einen vor dem Palasttor aufgestellten und mit Schmalz bestrichenen Stein goss. Dann nahm Tattis den langen Silberdolch auf, der zu diesem Anlass eigens geschärft worden war, und prüfte die Klinge mit dem Daumen. Offensichtlich mit ihrer Schärfe zufrieden, sprach er die überlieferten Gebete in der alten Sprache des Ostens, die ohnehin kaum einer der Anwesenden noch verstand, fügte einige undeutlich gemurmelte Sätze hinzu und wandte sich dann dem Stier entgegen. Dieser sah die in der Sonne blitzende Klinge und das rote, flatternde Gewand des Priesterkönigs und versuchte mit aller Kraft auszubrechen. Die vier Diener konnten das Tier nur mit Mühe halten und in den wenigen Sekunden des Kampfes war es dem Stier gelungen, Tattis nahe genug zu kommen, um mit seinen Hörnern ein Loch in dessen Gewand zu reißen. Der Priesterkönig selber schien jedoch unverletzt geblieben zu sein. Dennoch war der Ausbruch des Stiers ein böses Vorzeichen und die Menge hielt angespannt den Atem an. Je ruhiger das Opfertier im Angesicht des Todes blieb, desto erfolgreicher war das Opfer. Ein wütender Opferstier bedeutete womöglich auch einen zürnenden Wettergott. Nun blieb nur zu hoffen, dass ausreichend Blut floss, denn auch dies war ein weiteres Zeichen, das über den Erfolg eines Opfers Auskunft zu geben vermochte.

Tattis stach mit dem Dolch zu, zog die Klinge herum und trennte die Kehle des Tieres durch. Zur Erleichterung der Anwesenden verfehlte er die Halsschlagader des Stieres nicht, so dass das Blut weit spritzte. Der Stier rollte panisch mit den Augen und versuchte ein letztes Mal sich aufzubäumen, bevor er in einer Lache hellroten Bluts zusammenbrach. Das anschließende Opfer des Hengstes verlief dagegen reibungslos und so floss ein Bach von Blut die Hauptstraße von Wilusipami hinab vom Palast bis an den Fuß des Hügels, den er als dunkle, schlammige und klebrige Masse erreichte. Die Zuschauer waren sich einig: es war trotz allem ein gutes Opfer gewesen und es würde sicherlich wieder regnen. Der Priesterkönig hatte seine Pflicht erfüllt. Für den Augenblick stimmten sie alle dem wieder und wieder erzählten Epos zu: es war ihre Lebensgrundlage und somit Pflicht, dem König zu gehorchen und die Götter zu ehren, und nicht gegen sie aufzubegehren. Freilich, als das Fleisch der Tiere auf großen Rosten gebraten wurde und der Duft des gegrillten Fleisches sich wie eine ferne Verheißung über die Stadt legte, knurrten die Mägen derjenigen, die schon lange kein Fleisch mehr hatten essen können und sich nunmehr wieder mit Gerstenbrei zufrieden geben mussten.

5

Es dauerte dennoch mehrere Wochen, bis eine Änderung des Wetters eintrat. Die Zisterne war zu diesem Zeitpunkt schon fast leer, die Obstbäume begannen zu vertrocknen und zuletzt hatte es sogar kein Wasser mehr für den Ton der Töpfer gegeben, die ihre Arbeit hatten einstellen müssen und stattdessen zu Wartungsarbeiten in der Stadt herangezogen worden waren. Eines Tages gegen Ende des Sommers dann, erst langsam, aber zusehends mehr, begann etwas vom Himmel zu fallen, aber die Bewohner des Landes trauten ihren Augen kaum: Es war nicht etwa Wasser, das da niederregnete, sondern Asche, fein und hellgrau, die eine dünne helle Schicht auf alles legte und auch die letzten verbliebenen Pflanzen zu ersticken drohte. Die Asche wurde vom kleinsten Windhauch aufgewirbelt, brannte in der Lunge und in den Augen. In den Werkstätten der Müller vermischte sie sich mit dem Mehl auf den Mahlsteinen, und auf dem wenigen verbliebenen Wasser des Reservoirs schwamm eine trübe graue Schicht. Der Ascheregen hörte so rasch auf wie er gekommen war, aber der lästige Staub, der in jede noch so kleine Ritze eindrang, blieb zunächst. Nach drei Tagen dann verfinsterte sich der Himmel von Osten her und es blieb so dunkel, dass es den Anschein hatte, dass die Sonne gar nicht aufgehen wollte. Und als der lang ersehnte Regen dann endlich eintraf, kam er umso heftiger. Es schüttete tage-, nein, wochenlang beinahe ohne Unterlass und das Unwetter spülte nicht nur die lästige Asche, sondern auch Teile der einfachen Lehmhäuser in den Dörfern fort, verwandelte die Gassen von Iltir in Flüsse, die leeren Flussläufe in reißende Ströme und brachte das große Wasserreservoir zum Überlaufen. Tagein und tagaus blitzte und donnerte es immer wieder, als ob der Himmel Krieg gegen die Erde führte.

Dass der Wettergott aus unerfindlichen Gründen dem Land den Kampf angesagt hatte, war denn auch die Befürchtung so manchen Landbewohners. Tumarans und Lortikis' kleine Familie kauerte sich in der letzten trockenen Ecke ihrer Hütte zusammen, denn das Dach war an allen Ecken und Enden undicht geworden. Beles, Tumarans Bruder, befürchtete schon, dass die Linsen, die er in dem falschen Grab im Inneren seiner Hütte vergraben hatte, zu sprießen beginnen und ihn so verraten würden, denn die Kontrollen durch die Wachen waren in den vergangenen Wochen verstärkt worden. Besonders nach Waffen, Bronzemessern und anderen Gegenständen aus Metall waren die Dörfer durchsucht worden. Nun aber hatte auch die Miliz mit immer wieder drohenden Überschwemmungen zu kämpfen.

In der Stadt war die Situation nur unwesentlich besser. Die Häuser in den hohen Lagen waren zwar vor Überschwemmung gefeit, jedoch waren ihre steilen Straßen nur mit Mühe passierbar und das Inventar ganzer Hinterhöfe wurde den Hügel hinunter geschwemmt. Auch jetzt arbeiteten die Töpfer nicht, zwar gab es nun Wasser im Überfluss, aber sie hatten nicht genügend Platz, um ihre Waren vor dem Brennen zu trocknen. Wegen ihrer erzwungenen Untätigkeit waren ihnen bereits die Rationen gekürzt worden und nun lebten auch sie schon fast ausschließlich von Brotfladen aus Gerstenmehl, das zu allem Überfluss nun auch noch mit Asche vermischt war. Niosena, die doch die Morgenstunden so liebte, hätte sich morgens am liebsten gar nicht mehr von ihrer Matte erhoben. Von all der Feuchtigkeit schmerzten ihr Rücken und ihre Knie jetzt wieder.

Überall, in den Dörfern ebenso wie in den Gassen der Stadt, bildeten sich Trauben von Menschen, die besorgt, aber auch empört das Geschehen besprachen. Unmut wurde laut. Die Wachen mussten mehrfach Zusammenrottungen auflösen. Und auch im Palast sah man die ungewöhnlichen Unwetter mit Entsetzen. Was war geschehen? Wie hatte man den Wettergott erzürnt? Oder war gar ein Krieg unter den Göttern entbrannt und die jüngsten Wettererscheinungen waren nichts anderes als das Getöse ihrer Schlachten?

„Warum zürnen uns die Götter?", fragten die Menschen allüberall.

Tattis, von dem eine Antwort erwartet wurde, konnte eben diese nicht geben, was ihn umso reizbarer und aufbrausender machte. Er war auf der ständigen Suche nach Ablenkung, suchte Ausflüchte und die Nähe von Speichelleckern, beschuldigte andere oder spielte die Situation herunter.

„Es ist eben so, wie es ist. Wer kann es schon ergründen?", sagte er das eine Mal, oder auch „Das wird schon werden, wartet nur ab, bald ist alles wieder gut. Die Unwetter werden sich wieder legen. Nicht uns gilt der Zorn der Götter!"; dann wieder stieß er wilde Strafandrohungen gegen Mitglieder des Hofstaats aus, die es gewagt hatten, eine unliebsame Frage zu stellen oder die einfach nur zur falschen Zeit am falschen Ort waren. Schließlich – nach Beratung mit der Priesterschaft, die er eigens einberufen hatte und unter den Einflüsterungen von General Agallu – fand Tattis eine für sich schlüssige Erklärung, die er am Abend im Versammlungssaal verkündete: „Es ist die Ketzerei, die die Götter erzürnt hat, das häretische Murren der unteren Klassen gegen die göttliche Ordnung, der Mangel an Vertrauen in mich als Mittler zwischen den Göttern und euch. Es ist der Mob, die Bauern, die aufbegehren, die Ernte unterschlagen, von Gewalt und Zerstörung träumen; sie sind es, die ihr eigenes und unser aller Elend verursachen. Entsendet Boten und Truppen in alle Viertel, besonders in die Dörfer, und verkündet: von nun an steht auf Unterschlagung der Tod durch Erdrosseln, und jegliche Anstiftung zur Aufruhr kann an der gesamten Familie geahndet werden. Wenn

57

die Götter nach Menschenopfer verlangen, so sollen sie sie bekommen. Alle sollen wissen: Der Herrscher von Wilusipami steht für die rechte Ordnung des Ganzen."

Diese Botschaft verbreitete sich wie ein Lauffeuer und wurde auf der Spitze des Stadthügels begrüßt: „Die Bauern sind schuld!" und „Wer murrt, der stirbt." Je weiter die Nachricht hinunter ins Tal sickerte, desto mehr ungläubiges Entsetzen rief sie hervor.

Die Ankündigung war für Tattis zunächst ein Erfolg. Niemand wagte es nun, seine Autorität, die der Wachen oder die Größe der Nahrungsrationen in Frage zu stellen, und die es dennoch taten, gaben ein abschreckendes Exempel ab. Niosena vermied es endgültig, zum unteren Stadttor hinunterzugehen und vermied den Anblick der Richtstätte.

Nach dem heißen Sommer und dem anschließenden Starkregen begann der Winter in diesem Jahr ungewöhnlich früh. Wenn der Himmel mal nicht bedeckt und verregnet war, zeigten die Morgen- und Abenddämmerungen immer noch ein spektakuläres Farbenspiel. Und schließlich, kurz nach der Wintersonnenwende, geschah etwas, an das keine lebende Seele, auch nicht die Ältesten, sich erinnern konnten: es schneite. Zunächst dachten viele, es handle sich erneut um Ascheregen, aber nein, diese Asche war weiß, kalt und verschmutzte nicht die Atemluft. Manche Menschen kannten Schnee aus Erzählungen aus Bergen in fernen Ländern. Anders als die Asche, die nach einigen Tagen vom Starkregen fortgespült wurde, blieb der Schnee noch wochenlang liegen und wurde jede Woche ein wenig mehr. Möglichkeiten zum Heizen gab es außer den Kochstellen kaum. Es war der kälteste Winter seit Menschengedenken. Viele Menschen überlebten ihn nicht, fielen der Kälte, aber vor allen Dingen dem ständigen Hunger zum Opfer, darunter viele Kinder, die den unbekannten Schnee und die vielen Möglichkeiten zum Spiel, die er bot, zunächst noch begeistert begrüßt hatten. Überdies machte eine neue Krankheit die Runde, die die Menschen wegen der dumpfen Schmerzen in den Lungenflügeln die Seitenkrankheit nannten, die mit schwerem Husten und hohem Fieber einherging, sich in den Familien, Stadtvierteln und Dörfern von Mensch zu Mensch ausbreitete und den Betroffenen den Atem nahm. Die von Hunger und Kälte bereits Geschwächten hatten der Krankheit nicht viel entgegenzusetzen.

Die steilen Straßen von Iltir wurden zur Rutschpartie, aber noch viel härter traf es die Bauerndörfer. Die schwangere Lortikis und ihr Mann Tumaran schafften es mit Mühe und mit Hilfe vieler im Spätsommer geernteter Eicheln, getrockneter Wildkräuter sowie Lortikis' Geschick im Bau von Kaninchenfallen, ihre beiden Kinder Lakobor und Nesaiun durch den Winter und über die Fieberanfälle zu bringen, jedoch verlor sie während einer stürmischen Schneenacht ihr jüngstes Kind in einer Fehlgeburt. Mühsam grub die Familie mit ihren steinernen Werkzeugen im auch innerhalb der Hütte hart gefrorenen Boden eine Grube und begrub den winzigen, namenlosen Körper darin, ganz ohne Beigaben, denn es war ja noch nicht Teil der Gemeinschaft gewesen, und bedeckten die wieder aufgefüllte Grube mit dem gleichen Lehm, aus dem auch der Fußboden der Hütte bestand und stampften ihn wieder fest.

„Ich weiß nicht, wie lange ich das noch durchhalte", beschwerte Lortikis sich müde und wärmte ihre Hände an der Schale mit heißem Kräutersud, den Tumaran ihr aus an der Feuerstelle geschmolzenem Schnee bereitet hatte.

„Hab Geduld, der Frühling wird kommen, dann wird uns die Natur wieder großzügiger versorgen und alles wird besser." Er versuchte, seine eigenen Zweifel an das eben Gesagte zu unterdrücken und starrte auf seine Füße, die er wie die anderen Bauern auch mit Lappen umwickelt hatte, um sie notdürftig vor der Kälte zu schützen.

„Ich meine nicht nur den Winter und den Hunger und die Angst um die Kinder. Ich meine die Wachen, die Schikanen, das ganze Leben das wir führen." Bei den letzten Worten hatte sich ihre Stimme ein wenig erhoben.

„Um Himmels Willen, sei still!", dämpfte sie ihr Mann. „Bitte, gib ihnen keinen Grund, uns zu bestrafen! Ich brauche dich."

„Wie lange willst du das noch mitmachen? Das ist doch kein Leben!" Trotz ihres Ärgers wickelte sich Lortikis in ihre Decke, rollte sich auf der Matte in der Ecke ein, das Gesicht zur Wand, und war bald eingeschlafen, auch wenn es ein unruhiger Schlaf war. Tumaran dagegen lag noch lange wach und dachte über das Gesagte nach.

.

6

Das kalte Wetter hielt auch im Frühling noch an. Der Schnee machte den ersten Sprösslingen nur zögerlich Platz und die Aussaat verzögerte sich um Wochen. Jetzt regnete es stattdessen wieder ohne Unterlass.

Dem schlechten Wetter zum Trotz fand in diesem Frühjahr die Hochzeit von Tattis' jüngerem Bruder Muwa und Naru, der Halbschwester Annitis, statt. Lange hatte Tattis mit sich gerungen, ob er gegen den wahrscheinlich heftigen Widerstand seines Bruders und seiner Frau Naru zur Zweitfrau nehmen sollte. Als er die Möglichkeit in Gegenwart seiner Frau zaghaft angedeutet hatte, war diese derart aufgebracht gewesen, dass er das Thema nicht weiter angesprochen hatte. Wenn Anniti schon so gereizt reagierte, was würde Muwa erst tun? Außerdem, dachte sich Tattis, waren Narus jüngste Prophezeiungen sowieso noch nicht eingetroffen. Möglicherweise hatte der Wettergott auch ihr seine Gunst wieder entzogen; dann wäre es besser, wenn er sich eine andere Nebenfrau suchte. Unter den anderen in Frage kommenden Kandidatinnen hatte er sich bis jetzt nicht entscheiden können.

Die Hochzeit von Muwa und Naru wurde mit großem Prunk gefeiert; alle sollten dieses große Ereignis sehen, aber nur wenige durften ihm auch wirklich beiwohnen. Am frühen Morgen des Hochzeitstages, nach Abschluss der dreitägigen aufwändigen Reinigungsrituale für die Braut, hatte Naru ihre ältere Schwester Anniti beiseite genommen: „Ich habe in der vergangenen Nacht wieder geträumt. Die Träume der letzten Nacht vor der Hochzeit sind besonders wichtig, weißt du?"

Anniti nickte knapp. Narus ständiges Gerede von Visionen ging ihr auf die Nerven, aber die Tatsache, dass sie nun ihren Schwager heiratete und somit die Gefahr gebannt war, dass sie zu ihrer Nebenbuhlerin wurde, stimmte sie versöhnlich. „Und, was hast du gesehen?", fragte sie.

„Ich habe einen Fluss gesehen. Hier, direkt unterhalb von Wilusipami, floss er quer durch das Tal. Nicht weiter unten bei der Garnison, wo das Flussbett liegt, sondern hier, unmittelbar an der Stadt vorbei. Und dann habe ich Muwa mit der königlichen Silberkrone am höchsten Fenster des Palastes stehen gesehen."

„Dann wird er eines Tages Tattis nachfolgen und du wirst Königin", folgerte Anniti. Warum auch nicht, denn der jüngere Bruder des Herrschers war auch immer ein möglicher Nachfolger, besonders wenn es noch keinen erwachsenen männlichen Erben gab. Aber der Fluss? Anniti runzelte die Stirn. „Du hast wahrscheinlich im Schlaf den Regen gehört." Sie umarmte flüchtig ihre Halbschwester und begleitete sie in die Kammer zu den Dienerinnen, die sie für den großen Tag herrichteten. Zu diesem Zweck war eigens ein silbernes Diadem für Naru geschmiedet worden, das auf der Stirn in einer Art Tropfenform nach unten verlief und ihr zwischen den Augen bis auf die Nase reichte. Überdies war sie mit Ohrringen und Armreifen geschmückt. Über dem hoch gegürteten königlich roten Gewand aus besonders feinem Leinen trug sie einen Mantel in der gleichen Farbe, der sie gegen Kälte und Feuchtigkeit schützte. Muwa war für den Anlass in ähnliche Gewänder gekleidet, trug allerdings ein einfaches rundes Diadem, das wesentlich dünner war als das seines älteren Bruders Tattis, deutlich kleinere Ohrpflöcke sowie ein langes Bronzeschwert. Stolz war er an diesem Tag und er ließ es alle sehen und fühlen.

Später am Morgen führte eine Prozession des Brautpaars, des Herrscherhauses, der Priesterschaft, der Vertreter der Stände – natürlich in streng hierarchischer Reihenfolge – und vieler, vieler Wächter durch die Stadt, damit alle die jungen Brautleute sehen konnten. General Agallu trug zur Feier des Tages seinen silbernen Prachtdolch zur Schau und alle Wächter hatten ihre Hellebarden auf Hochglanz poliert. Er zwinkerte dem Bräutigam zu, welcher seinerseits zurück lächelte. Tattis, in seiner dreifachen Rolle als Priesterkönig, Bruder und Schwager, vollzog ein weiteres Stieropfer, das den Göttern dieses Mal vorbehaltlos zu gefallen schien. Anschließend wurde das gebratene Fleisch des Opfertieres und das vieler weiterer verzehrt; besonders Wildschweine und Hirsche galten als Delikatesse. Dazu wurden Linsen, Saubohnen und Brot mit Honigschmalz gereicht, getrocknete Früchte, gesalzener Fisch von der Küste, Butter, Schafs- und Ziegenkäse sowie reichlich Bier und Met. Das König- und das Brautpaar tranken aus eigens für diesen Anlass gefertigten Kelchen aus hart gebranntem, schwarzem Ton, deren Rand mit Silber eingefasst war. Es war Niosena gewesen, die die Gefäße im Auftrag des Palastes getöpfert hatte, die dann von einem Silberschmied weiter bearbeitet worden waren. Bezahlung oder irgendwelche anderen Vorteile hatte sie von der Arbeit keine zu erwarten gehabt.

Die groß angelegten Feierlichkeiten, die die Macht des Herrscherhauses repräsentieren und festigen sollte, beeindruckten indes nur noch die Wenigsten. Zu sehr hatten selbst die Handwerker in diesem Jahr gelitten, zu stark hatten ihnen sowohl die immer dreisteren Kontrollen und Einmischungen der Wachen in ihr Leben, als auch die Wetterkapriolen und die in der Folge immer knapperen Ressourcen zu schaffen gemacht. Niosena und ihr Schwager beispielsweise verfolgten die Geschehnisse rund um den Palast nur noch mit kaum verhohlenem Argwohn. Hatte ihr Herrscher Tattis denn gar keinen Einfluss mehr auf die Götter so fragten sie wie viele andere auch, erst hinter vorgehaltener Hand, dann schließlich immer offener. Die Ordnung des Wetters war ins Rutschen geraten und mit ihm das ordnungsgemäße

Wachstum der Natur und des menschlichen Lebens. Was also missfiel den Göttern? Wenn nur der Priesterkönig den rechten Zugang zu ihnen hatte – was hatte er dann falsch gemacht?

In der Woche nach der königlichen Hochzeit verloren auch Beles und seine Frau Inteber ihr jüngstes Kind, das noch keinen Namen hatte. Es war bereits das dritte. Und das, obwohl Inteber sich gut mit Kräutern auskannte und oft von den Nachbarn konsultiert wurde.

„Sapillo, der gefleckte Hund der Unterwelt, wird es dennoch über den Grenzfluss in die jenseitige Welt tragen", versuchte Lortikis ihre niedergeschlagene Schwägerin zu trösten.

„Die Unterwelt muss derart mit Kindern angefüllt sein, dass für die erwachsenen Toten kein Platz mehr ist. Wer kümmert sich um sie?", fragte Inteber.

„Schlimmer als hier kann es wohl kaum sein, oder?"

„Hör zu, Lortikis! Ich halte das nicht mehr lange aus; ich kann einfach nicht mehr. Ich habe Hunger, mir ist kalt, ich verliere ein Kind nach dem anderen. Gerade ist meine Mutter vor Kälte und Erschöpfung gestorben. Die Wächter behandeln uns wie Tiere. Es reicht einfach." Sie sagte es in einem ganz ruhigen Tonfall, als ob sie eine Geschichte erzählen würde, aber ihr Blick verriet, dass sie es todernst meinte.

Die Angesprochene sah Inteber besorgt an und reichte ihr dann einen Becher mit heißem Kräutersud, den sie ihr zur Stärkung aufgebrüht hatte: „Und was willst du tun? Es ist nicht so, dass wir wirklich eine Wahl hätten, oder?"

Inteber nahm vorsichtig einen kleinen Schluck von dem kochend heißen Getränk. „Ist nicht genau das unser Problem?", fragte sie.

Die Linsen, die Beles in ihrer Hütte in dem falschen Grab vergraben hatte, waren schon lange aufgegessen, nun öffneten sie die kleine Grube erneute, um daraus ein wirkliches Grab zu schaffen. Die Trauer der beiden Frauen war schon lange in Groll umgeschlagen, Tumaran haderte noch mit sich und seiner Furcht vor den Göttern und ihren weltlichen Repräsentanten, Beles aber bebte vor Zorn. Kaum war die kleine Grube wieder mit Lehm gefüllt, brach es endlich aus ihm heraus: „Es reicht, endgültig, ich mache das nicht mehr mit!" Erbost fuhr er Tumaran an, der ihn noch an der Schulter berührt hatte, um ihn zu trösten und zu beruhigen: „Fass mich nicht an!" Und mit diesen Worten stürmte er aus der Hütte, schnappte sich eine der Sicheln aus Steinklingen, die dort an der Wand hingen, und verschwand in der Dunkelheit.

Die Zurückgebliebenen – Inteber, Lortikis, Tumaran sowie einige Nachbarn, darunter auch Animkei, die Nachbarin, der die Wächter von Iltir die Vorderzähne ausgeschlagen und die Nase gebrochen hatten, und ihr mittlerweile wieder von seiner Krankheit genesener Mann – sahen einander erschrocken an.

„Was hat er vor? Ist Beles verrückt geworden?"

„Wir müssen ihn aufhalten!", rief Inteber. „Er hat ja eigentlich Recht, aber in seinem Zustand wird er uns alle ins Unglück stürzen!"

„Du musst im Moment gar nichts außer dich ausruhen", gab Lortikis zurück. „Ich bleibe hier bei dir. Und du", wandte sie sich an ihren Mann, „gehst besser deinen Bruder suchen, damit er keine Dummheiten anstellt."

Animkei und ihr Mann Aniur folgten ihm nach draußen.

Aber es war bereits zu spät. Beles war von seiner Hütte aus direkt in Richtung der Garnison gelaufen. Kurz hinter dem Dorf, gleich am Feldrand, war er einer Patrouille bestehend aus zwei Wächtern begegnet, die gerade recht unaufmerksam waren, da sich einer von ihnen, die Hellebarde an einen Baumstumpf gelehnt, gerade im Feld erleichterte und der andere skeptisch die Wolken am nächtlichen Himmel betrachtete, die erneut Regen ankündigten. Bei ihrem Anblick hielt ihn nichts mehr zurück; mit einem Wutschrei stürzte er sich von hinten auf den Soldaten mit dem hochgereckten Kopf, packte diesen an den Haaren, riss ihn zurück und schnitt ihm mit der scharfen Steinsichel die Kehle durch. Röchelnd brach der Mann zusammen. Sein Kamerad bückte sich, um nach der Hellebarde zu greifen, doch Beles war schneller und die Stange entglitt jenem, bevor er sie richtig zu fassen bekam. Binnen weniger Sekunden wälzten die beiden Männer sich im schlammigen Feld in einem Kampf auf Leben und Tod, Bronzedolch gegen Steinsichel, die keiner von

beiden gegen das Kampfgeschick des Gegners einzuset-
zen vermochte. Tumaran und seine Nachbarn konnten
aus der Entfernung den Kampflärm und das Röcheln des
Sterbenden hören. Ohne lange nachzudenken, nahm
Animkei die Hellebarde vom Boden auf, holte aus und
rammte dem Wächter die scharfe Klinge in den Rücken.
Beles kämpfte sich unter dem nun nur noch zuckenden
Körper seines Gegners hervor und stand mühsam auf.
Erst da ging ihnen auf, was geschehen war.

„Bei den Göttern, was haben wir getan?" Stumm
starrten sie auf die beiden nunmehr reglos auf der Erde
liegenden Körper. Blut sickerte in den schlammigen Boden. Animkei ließ erschrocken die blutige Hellebarde, die
sie noch in Händen hielt, fallen. Es kam ihr vor, als würde sie in Zeitlupe zu Boden sinken.

„Wir dürfen keine Zeit verlieren." Beles übernahm sogleich die Führung. „Wenn sie die Wächter finden und
uns gleich daneben, sind wir und unsere Familien verloren, nein, das ganze Dorf!"

„Was sollen wir tun?"

„Wir müssen die Leichen verscharren, bevor uns jemand sieht. Rasch!"

Animkei war die erste, die aus ihrer Erstarrung erwachte. Sie bückte sich, hob die beiden Hellebarden auf
und nahm auch die Bronzedolche der Wächter an sich.

„Nicht anfassen!", rief ihr Mann Aniur automatisch.

„Unsinn! Die verstecken wir. Man weiß nie, wann sie
wieder nützlich sein können."

„Aber wenn die bei uns gefunden werden...", wandte Aniur ein.

Sie wies auf die Körper am Boden. „Glaubst du, das macht jetzt noch einen Unterschied?", sagte sie mit einem humorlosen Lächeln, das ihre breiten Zahnlücken umso deutlicher hervortreten lies. „Los, an die Arbeit!"

Beles nahm sich eine der Hellebarden und fing an zu graben. Sie gruben alle mit dem, was ihnen zur Verfügung stand: mit Waffen, Stöcken und der Sichel. Sie alle waren harte Arbeit und den Umgang mit dem Erdboden gewohnt und so waren in kurzer Zeit zwei ausreichend große und tiefe Löcher ausgehoben. Der feuchte Boden ließ sich gut bearbeiten. Sie legten die Leichen der Wächter hinein, füllten die Gruben wieder mit Erde und klopften den Erdboden fest. Dann deckten sie die Stelle mit Blättern und Gras ab, bis die Stelle – zumindest in der Dunkelheit – kaum noch auszumachen war.

„Und jetzt verstecken wir die Waffen", wies Animkei sie an. „Ich kenne da eine hohle Eiche..."

„Nein", unterbrach Beles sie. „Nicht die Waffen müssen wir verstecken. Wir selber müssen untertauchen. Glaubst du, das Verschwinden zweier Wachen wird unentdeckt bleiben? Glaubst du, dass die Leichen niemals gefunden werden? Das werden sie und dann werden sie sich zusammenreimen, was geschehen ist. Wir müssen uns verstecken!"

„Und wo, bei den Göttern, willst du hin? Das ist doch Wahnsinn!"

„Ich kenne eine Höhle im Wald, groß genug für uns und unsere Familien. Von dort hat man einen guten Überblick und sie ist gut zu verteidigen, besonders jetzt, wo wir richtige Waffen haben. Außerdem gibt es viele Eichen und Waldtiere, die uns versorgen werden. Bringt aus dem Dorf nur euer Nötigstes, ich hole meine Familie und wir brechen noch heute Nacht auf!" In seinen Augen funkelte es. Endlich hatte Beles wieder einen Lebensinhalt gefunden, trotz der schrecklichen Tat und der Gefahr, die mit ihr einher ging.

„Auf gar keinen Fall, kommt überhaupt nicht in Frage!" Tumarans Antwort auf den Vorschlag seines Bruders, sich mit ihm in den Wäldern zu verstecken und zu kämpfen, war ebenso eindeutig wie Beles' Entschlossenheit, eben dies zu tun. „Ich werde meine Familie nicht unnötig in Gefahr bringen. Ich habe niemanden getötet und habe das auch nicht vor."

Lortikis zögerte zunächst, war von der Idee alles hinzuwerfen sichtlich angetan, stimmte aber schließlich ihrem Mann zu, auch in Hinblick auf die beiden kleinen Kinder. Das Unternehmen war letztendlich alles andere als ungefährlich. Und so zogen Beles, Inteber, Animkei und Aniur zunächst alleine los und nahmen die erbeuteten Waffen mit.

7

Natürlich blieb das Verschwinden der Wachpatrouille nicht lange unentdeckt, ebensowenig wie der unerlaubte Weggang zweier Familien aus dem Dorf.

„Sie haben sechs Soldaten aus der Garnison und sogar einen hochgestellten Hauptmann aus Iltir geschickt, nur um den Vorfall zu untersuchen", raunten die Bauern einander zu.

„Sie werden nicht freundlich sein."

„Wir müssen zusammenhalten."

Zunächst wurden alle Familien nur befragt: „Was geschah in jener Nacht?"

„Ich weiß es nicht."

„Du hast es gesehen, gestehe!"

„Ich habe gar nichts gesehen. Wir haben alle geschlafen."

„Wo sind die Wächter? Was ist mit ihnen geschehen? Ihr wisst es und ich weiß, dass ihr es wisst! Damit das klar ist: Wir können auch weniger freundlich fragen."

„Ich weiß es nicht, wirklich! Wir haben alle tief und fest geschlafen."

„Wohin sind die Deserteure geflohen?"

„Die Deserteure?"

„Die Rebellen, die anderen Bauern!"

„Keine Ahnung!"

„Was haben sie mitgenommen?"

„Ihr weniges Hab und Gut nehme ich an, sonst gibt es hier ja nichts, aber woher soll ich das wissen?"

„Werde nicht vorlaut! Haben die Flüchtigen die Wächter getötet?"

„Das kann ich mir nicht vorstellen. Wie hätten sie das tun sollen?"

„Ich stelle hier die Fragen: Wo haben sie die Waffen versteckt?"

„Welche Waffen?"

… und so weiter.

„Ihr steckt doch alle unter einer Decke!", rief der Hauptmann genervt aus und suchte die nächste Hütte auf. Es handelte sich um Happuala, Agallus Stellvertreter, persönlich. Das bewies, als wie ernst die Wache die Situation bewertete.

Natürlich hatte sich jeder der Dorfbewohner seine eigenen Gedanken darüber gemacht, was in jener Nacht vorgefallen war, dennoch gaben alle vor, nichts zu wissen, was ja größtenteils auch stimmte, denn was wirklich mit den Wachen geschehen war, wussten die meisten von ihnen in der Tat nicht. Insgeheim aber bewunderten sie den Mut der Geflohenen und der ein oder andere spielte selber mit dem Gedanken, alles hinzuwerfen und sich in den Wäldern durchzuschlagen. Ein paar Jugendliche, die im Dorf nicht viel zu erwarten hatten, schlichen sich in der kommenden Woche tatsächlich fort, um sich den Rebellen anzuschließen, und zogen so den Verdacht der Wache auf sich. Die Verhöre wurden mit der Zeit härter und jetzt wurden die Familien der Flüchtigen auch schwer geprügelt und mit Waffen bedroht, aber dennoch wusste mit Ausnahme von Tumaran und Lortikis niemand, was tatsächlich mit den verschwundenen Männern geschehen war, und die beiden hielten still. Während der Feldarbeit beobachtete Tumaran mit Argwohn, wie die Wächter den Boden rings um das Dorf absuchten, und fürchtete, dass sie der Wahrheit bald auf die Spur kommen würden.

Und in der Tat: es kam, wie es kommen musste. Auf der Suche nach Eicheln und Pilzen, neugierig angezogen vom Geruch der Verwesung, gruben Wildschweine die Leichen der beiden Männer aus. Dem Hauptmann aus der Stadt genügte trotz der begonnenen Zersetzung ein Blick, um zu erkennen, dass dem einen die Kehle durchgeschnitten worden war und der andere an einer klaffenden Wunde im Rücken, die bis zum Herzen reichte, gestorben war. Jetzt gab es nichts mehr zu leugnen: die Wächter waren hinterrücks ermordet worden und die Schuldigen waren mit ihren Familien geflohen. General Agallus Antwort auf den Bericht seines Stellvertreters war kurz: „Wir müssen ein Exempel statuieren, bring sie hier in die Stadt!"

„Eine Massenhinrichtung?, fragte Happuala.

„Das wird nicht nötig sein. Wir können kein ganzes Dorf hinrichten; wir brauchen ihre Arbeitskraft. Ich habe eine andere Idee: Bringt jeden zehnten Mann des Dorfes hierher! Die Götter sollen entscheiden, ob sie ihre Bestrafung überleben oder nicht."

Der General hatte kein Interesse daran, die Bewohner des Dorfes, die nicht selber an dem Verbrechen beteiligt waren, zu töten, jedoch war es sicherlich eine gute Idee, den Untertanen zu zeigen, dass man sich nicht ungestraft mit Rebellen verbünden oder sie decken durfte, selbst wenn man mit ihnen verwandt war. Die Rebellen selber erwartete selbstverständlich der Tod durch Erdrosseln, sobald sie gefasst wurden. Was die Angehörigen betraf: da diese ganze verdammte Dorfgemeinschaft dicht hielt, musste eben das Los entscheiden.

Am Morgen des nächsten Tages hatten sich alle erwachsenen Männer des Dorfes ab zwölf Jahren in einer Reihe aufzustellen. Es waren vielleicht vierzig Personen. Happuala schritt die Reihe ab und zählte die Männer durch. Jeder zehnte von ihnen musste vortreten. Auch Tumaran gehörte zu den vier auf diese Weise Gewählten. Er hatte Angst, nahm sich aber fest vor, die öffentliche Strafe, was immer es auch sein würde, stoisch zu überstehen, selbst wenn es seine Hinrichtung und somit seine letzte Handlung sein würde. Der Jüngste der so Auserwählten war ein Junge von vielleicht vierzehn Jahren mit Namen Sorbos, und er litt unter fürchterlicher Angst. Tumaran legte ihm beruhigend die Hand auf die Schulter, wusste ihm aber sonst auch nicht zu helfen. Unter dem

Gejammer der Frauen und Kinder wurden die vier Männer in die Stadt abgeführt.

„Ihr könnt Euch glücklich schätzen", rief Hauptmann Happuala den Zurückbleibenden beim Aufbruch zu, „ihr bleibt hier. Und in ein paar Tagen habt Ihr sie ja eventuell wieder – oder das, was von ihnen übrig ist."

Tumaran und die anderen wurden in einem langen Marsch nach Iltir abgeführt. Sie schwiegen die gesamte Strecke über und überlegten, was sie dort wohl erwartete. Sorbos schleppte sich mit angstgeweiteten Augen mit, die Unterlippe vor Sorge blutig gebissen. Die drei erwachsenen Männer nahmen ihn so gut es ging in ihre Mitte und sorgten dafür, dass ihm zumindest die antreibenden Hiebe der Reiter um sie herum erspart blieben. Wut und Kummer wechselten sich in ihnen ab, aber es gab nichts, was sie in dieser Situation hätten tun können.

Die öffentliche Anklage, die den Namen Prozess mit Sicherheit nicht verdiente und nur der offiziellen Urteilsverkündung durch General Agallu persönlich diente, fand am Stadttor statt und dauerte nur wenige Minuten. „Förderung der Anstiftung zur Rebellion gegen Staat und Götter sowie Unterstützung von flüchtigen Verbrechern" lautete die Anklage; „fünf Tage und Nächte am Pranger bei jedem Wetter, ohne Nahrung und Wasser" das Urteil. Sorbos heulte wütend auf, Tumaran aber war insgeheim erleichtert. Er hatte weit Schlimmeres befürchtet. Fünf Tage unter freiem Himmel ohne Nahrung? Nicht angenehm, aber machbar. Da hatte er schon länger gehungert.

Durch den stetigen Regen würden sie zwar frieren, besonders nachts, aber er würde auch ihren Durst stillen. „Ha", dachte er, „so leicht lässt sich ein Bauer nicht unterkriegen." Stolz blickte er in die Menge der Anwesenden.

„Von allen Bewohnern von Wilusipami wird erwartet", fügte General Agallu der Urteilsverkündung hinzu, „dass sie zum Pranger kommen und sich die Verurteilten anschauen. Uns allen muss klar werden: Aufruhr ist die Bedrohung, die über uns allen schwebt, und diese Bauern bringen euch, die Bürger der Stadt, in Gefahr. Ungehorsam gegen den Willen der Götter ist der Ursprung allen Unglücks."

Der Pranger war eigentlich ein am Stadttor gelegener großer Käfig aus Eichenholzstäben, der den Elementen schutzlos ausgeliefert war. Natürlich waren die Verhältnisse darin äußerst unangenehm: Der Hunger heulte in ihren Mägen, besonders in der Nacht war es eiskalt, sie waren durchnässt, es gab nicht genug Platz für alle vier, um sich hinzulegen, also kauerten sie sich in der Nacht dicht gedrängt in der Mitte des Käfigs zusammen. Ihren Durst stillten sie, indem sie ihre nassen Kleider über dem geöffneten Mund auswrangen. Es reichte nicht wirklich, aber es half. Dabei unterhielten sie sich leise über das Vorgefallene.

„Beles hat das einzig Richtige getan – wir müssen uns ihm anschließen und endlich anfangen, uns zu verteidigen!"

„Aber was ist mit dem Willen der Götter? Was geschieht, wenn man sich gegen sie stellt? Willst du das wirklich herausfinden?"

„Hast du etwa den Einruck, dass sich die Götter jemals besonders um dich geschert haben?"

„Nicht wirklich, aber um den König, oder?"

„So heißt es."

„Ich werde das hier jedenfalls nicht ungerächt auf mir sitzen lassen. Sobald wir hier raus sind, schließe ich mich Beles, Animkei und den anderen an." Der letzte Satz stammte vom jungen Sorbos.

„Lass es bleiben, Junge! Das wird kein gutes Ende nehmen. Der Wald kann uns schließlich nicht alle versorgen. Wo willst du hundert Menschen oder noch mehr verstecken?"

„Wenn wir uns wehren, müssen wir uns nicht mehr verstecken."

„Du willst gegen bewaffnete und trainierte Soldaten kämpfen? Wie denn, mit dem Dreschschlegel?"

„Zur Not ja, warum nicht? Erinnerst du dich noch daran, als Aniurs Vater nach der Ernte den Dreschschlegel an den Kopf bekommen hat und anschließend drei Wochen..."

„Jaja, ist ja gut, aber gegen Waffen, Junge, die haben Waffen aus Metall!"

„Na und? Animkei hat einen von ihnen mit seiner eigenen Waffe getötet. Wenn sie das kann, kann ich das auch."

„Und dann? Dann senden sie neue Wachen und dann wieder neue und immer mehr."

„Iltir ist auch nicht unendlich groß. Irgendwann haben sie keine Wachen mehr."

„Irgendwann ist mir zu ungenau."

„Wir müssen eben durchhalten. Genauso, wie wir das hier", er wies mit der Hand auf den Käfig um sie herum, „zusammen durchstehen."

Das Schlimmste waren eigentlich weder Kälte noch Hunger, daran waren Tumaran und seine Gefährten gewöhnt, sondern die Blicke der Stadtbewohner, die sie – manche scheu, manche neugierig – musterten. Ihre Gesichter waren nicht zornig oder empört, sondern mitleidig, zuweilen sogar angstvoll. Aber die Gefangenen wollten ihr Mitleid nicht. Sie wollten respektiert werden.

Respekt war jedenfalls das Letzte, was sie von den Wachen erhalten würden. Manchmal warfen sie ihnen Ratten in den Käfig und lachten dabei, vielleicht, damit sie gebissen würden, vielleicht auch in der Hoffnung, den vermeintlich unzivilisierten Bauern dabei zusehen zu können, wie sie sich hungrig auf die lebenden Nager stürzten und sie roh verschlangen. Aber als die Gefangenen nichts weiter taten, als die Tiere vorsichtig wieder aus dem Käfig zu schieben, ließen sie ihre Späße bleiben. Hauptmann Happuala, der sie aus dem Dorf abgeführt hatte, kam am zweiten Tag vorbei und nahm sein reichhaltiges Mahl ostentativ in Sichtweite des Käfigs ein, was ihm gleichzeitig die neidischen Blicke vieler Passanten einbrachte, aber auch ihn ignorierten die Gefangenen geflissentlich.

In der zweiten Nacht, als sie im Nieselregen eng aneinander gedrängt vor sich hin dösten, wurde Tumarans ausgestreckter Fuß plötzlich von einer Hand umfasst und vorsichtig geschüttelt. Er öffnete die Augen und sah eine in Decken gehüllte Gestalt, die ihm mit Gesten bedeutete, leise zu sein. Er sah sich nach dem Wächter um, der sich stets in der Nähe des Käfigs befand. Dann entdeckte er ihn: der Mann war unter einem trockenen Mauervorsprung eingedöst und rührte sich nicht.

„Hier!", flüsterte die verhüllte Gestalt. „Nehmt das!" Es waren einige Fladenbrote. „Und das hier auch!" Die Person, offensichtlich eine Frau, reichte ihnen eine Tonschüssel. „Damit könnt ihr den Regen auffangen und trinken." Sie blickte sich nervös nach dem Wächter um.

„Danke!", sagte Tumaran undeutlich. Die trockene Zunge klebte ihm am Gaumen und löste sich nur zögerlich zum Sprechen.

„Hör zu: Ich will euch sagen, dass wir, das heißt die Bewohner von Iltir, hinter euch stehen. Auch wir Handwerker, zumindest viele von uns, haben dieses Leben satt."

„Aber euch geht es doch gut", wandte Tumaran ein. „Ihr habt alles, was ihr braucht und lebt gut."

Sie schüttelte den Kopf. Dabei rutschte ihr die Decke, die sie tief ins Gesicht gezogen hatte, herunter. Tumaran sah in das Gesicht einer angespannt blickenden Frau von vielleicht dreißig Jahren, auf deren Schläfe ein Feuermal prangte. Rasch zog sie sich die Decke wieder über den Kopf, bevor sie dem Gefangenen entgegnete: „Nicht wirklich, wir haben nur das, was man uns zuteilt, und dürfen nur das tun, was uns aufgetragen wird." Sie zögerte kurz und fügte dann hinzu: „Der General, der euch heute verurteilt hat, hat meinen Mann getötet, nur weil er ihm widersprochen hat. Seid vorsichtig, er zögert nicht mit der Waffe. Muckt nicht auf, noch nicht, zumindest nicht hier. Geht zurück in euer Dorf und zieht euch von da aus in die Wälder oder die Berge zurück. Geht fort, irgendwohin, und behauptet euer Leben dort!"

Der schlafende Wächter bewegte sich im Schlaf. Die vermummte Gestalt war im Begriff fortzulaufen, entschied sich dann aber anders, als der Mann keine Anstalten machte, sich aufzurichten und stattdessen anfing, lautstark zu schnarchen.

„Und ihr, hier in der Stadt? Warum macht ihr denn nicht...?"

„Hör zu, ich muss gehen. Teile das Brot mit den anderen..."

„Natürlich!"

„...und sage ihnen, dass sie nicht allein sind. Eines Tages wird alles besser werden. Jeder Morgen bietet neue Möglichkeiten." Sie wandte sich zum Gehen.

„Halt, einen Moment", hielt sie Tumaran auf. „Wie heißt du?"

„Niosena."

In diesem Moment hörte das Schnarchen auf und der Wächter bewegte sich erneut. Jetzt machte Niosena lieber, dass sie davon kam. Schnell drehte sie sich um, so dass ihr Gesicht verborgen lag und lief die Hauptstraße hinauf, bis sie in die nächste Seitengasse huschen konnte. Sie bog noch um einige Ecken, wurde dabei immer langsamer, bis sie normalen Schrittes am Ende ihrer Straße angelangt war. Klopfenden Herzens blieb sie einen Augenblick stehen und lauschte. Folgte ihr etwa jemand? Hörte sie da nicht Rufe? Nein, die waren weit weg; es konnte sich um etwas völlig anderes handeln. Schnell öffnete sie die Tür zu ihrem Haus, glitt hinein und schloss sie wieder hinter sich. Mit knurrendem Magen legte sie sich auf ihre Schlafmatte, denn sie hatte sich das Brot für die Gefangenen von ihrer eigenen Ration abgespart.

Die fünf Tage gingen quälend langsam vorbei, aber immerhin gingen sie schließlich vorüber. Am Ende des fünften Tages öffnete einer der Wächter völlig unzeremoniell die von außen verschlossene Käfigtür.

„Los, geht nach Hause!", rief ein anderer.

Diesem Befehl kamen sie nur allzu gerne nach. Die Männer machten, dass sie aus dem Stadttor aufs freie Feld traten. Hier steckten ihnen so viele Menschen heimlich Essen zu oder reichten ihnen Becher mit Wasser oder Bier, dass sie ihren Familien, als sie spät nachts ihr Dorf unter großem Jubel wieder erreichten, noch Brot und sogar ein paar Feigenkekse mitbringen konnten. Noch schneller als die Gerstenfladen aus der Stadt machte je-

doch die Nachricht die Runde, dass auch die wohlha-
benden Handwerker in Iltir von Rebellion sprachen.

Drohende Aufstände waren zur Zeit Tattis' geringstes Problem. Der Priesterkönig von Wilusipami war krank, schwer krank. Die Seitenkrankheit, die zunächst in den ärmeren Vierteln der Stadt grassiert war, hatte schließlich auch den Palast erreicht, aber niemanden dort hatte es bisher so schwer erwischt wie den Herrscher, der doch eigentlich über diesen Dingen stehen sollte. Aber das Fieber wollte einfach nicht sinken; gleichzeitig wurden der Husten und die Schmerzen in seiner Brust immer stärker. Er bekam den besten Met, Milch mit Honig und Kuchen mit Honigschmalz, um ihn zu stärken. Das Fieber stieg weiter. Zweimal täglich wechselten die Leibdiener die durchgeschwitzten Laken und wuschen sie in heißem, mit getrockneten Blumen und Kräutern parfümiertem Wasser. Unmengen von Mastix wurden im Palast verbrannt, um die Luft von schlechten Einflüssen zu reinigen. Dann wurden auch die Leibdiener krank. Mehrere Stiere und Pferde wurden geopfert, aber auch das zeigte keine Wirkung. Naru selber, die sich mit allerlei Kräutern auskannte, bereitete ihm einen Sud aus Beifuß, der das

Fieber lindern sollte, der indes die Beschwerden nur noch verschlimmerte, obwohl das Kraut bei Sumpffieber doch sehr gut wirkte. Tattis' Zunge schwoll an und seine Lippen verfärbten sich blau. Das Husten bereitete ihm gewaltige Schmerzen, schwächte ihn enorm und er konnte zeitweise kaum noch atmen. Des Nachts wälzte er sich im Fiebertraum im Bett, murmelte etwas vom Feuer und von einem langen Fluss. Am siebten Tag seiner Krankheit schließlich schien sich sein Zustand ein wenig zu bessern. Sein Bruder Muwa beobachtete ihn dennoch aus sicherer Entfernung und schüttelte den Kopf. „Du bist schwach, Bruder!", sagte er. „Das war schon immer dein Problem."

Noch am selben Tag verstarb Tattis, Priesterkönig von Wilusipami, während er mit seinem Bruder und dessen Diener allein im Raum war. Er sei, so hieß es, erstickt. Niemand, auch nicht Anniti, wagte es nachzufragen. Narus Vision und ihr Traum aus der Nacht vor ihrer Hochzeit war bereits Wirklichkeit geworden: Tattis war nicht durch Waffengewalt gestorben und ihr Mann würde nun der neue König werden. Der Fluss, von dem sie geträumt hatte, musste der Unterweltsfluss gewesen sein, der die Lebenden von den Toten trennt.

„Der König hat den Berg seiner Ahnen erreicht und ist Gott geworden!", hallte es durch die Straßen. Weißes Leinen dominierte die Stadt in den folgenden Tagen: weiße Gewänder, weiße Fahnen, weiße Kopfbänder. Weiß war die Farbe der Trauer, ebenso wie es die Farbe des Todes war, weiß wie die blutleeren Toten und ihre bleichen

Knochen. Farbige Gewänder waren in der Zeit der Trauer verboten. Wer kein weißes Gewand besaß konnte eben nicht auf die Straße treten. Nur die Wächter trugen weiße Mäntel über ihren gelben Tuniken.

„Weißt du, ich bin gar nicht so unglücklich", raunte Niosena ihrer Schwägerin leise zu, nachdem sie sich vergewissert hatte, dass niemand sie belauschte. „Vielleicht wird jetzt alles besser."

„Sei bloß still!", erwiderte diese. „Wenn dich jemand hört...!" Sie zögerte. „Meinst du, der nächste König wird besser?", fügte sie flüsternd hinzu.

Die Totentrauer für Tattis, die in der Einsetzung des neuen Priesterkönigs Muwa kulminieren sollte, dauerte vierzehn Tage. Der erste Tag war ein obligatorischer Fastentag für alle Einwohner, am zweiten Tag zogen Klageweiber singend und schluchzend um den Palast, am dritten Tag opferte der Thronfolger Muwa acht Schafe und eine Kuh, während seine Frau Naru eine Kanne Met opferte und anschließend die Kanne zerbrach. Am vierten Tag dann wurde Tattis bestattet. Sein Körper wurde in hockender Stellung in einem Pythos, einem großen ovalen Tongefäß, beigesetzt. Er war in seine rote Königsrobe gekleidet, trug sein herrschaftliches Diadem, Armreifen, Ringe, seinen silbernen Dolch und sein Schwert. Zusätzlich gab man ihm Tongefäße voller Honigschmalz, Brot und Linsen mit. Am Ende wurden die Scherben des Opfergefäßes vom Vortag auf den Leichnam gelegt. Sie sollten den Bruch der Lebenden mit den Toten symbolisieren. Der Pythos wurde anschließend verschlossen und unter dem Gejammer der Klageweiber unter der Sitzbank im großen Versammlungssaal bestattet, in dessen Feuerstelle große Mengen an Mastix verbrannt wurden. Nach zehn weiteren Tagen der Trauer und neuerlicher Opfer wurde Muwa in einer feierlichen Zeremonie zum neuen Priesterkönig von Wilusipami erhoben. Naru war jetzt Königin.

Während seiner ersten Ratssitzung im Versammlungs-saal, in dem Muwa gleich neben dem frischen Grab sei-nes Bruders und Vorgängers thronte, schlug er denn auch gleich einen härteren Ton an: „Zu lange schon hat mein Bruder das Aufbegehren des Volkes geduldet. Die jüngs-ten Geschehnisse haben uns gezeigt, dass den Bauern nicht zu trauen ist. Sie sind wie Tiere, wiegeln womöglich noch unsere Stadtbewohner auf." Dabei sah er die Vertre-ter der untersten Stände scharf an, die auf ihren niedri-gen Sitzen versuchten, sich noch kleiner zu machen. „Härtestes Vorgehen ist die neue Devise. Zu diesem Zweck habe ich meinem königlichen Berater, General Agallu", er wies mit der Hand auf den neben ihm Sitzen-den – diesen Ehrenplatz hatte er heute zum ersten Mal inne – „umfassende Vollmachten gegeben. In Sicherheits-fragen hat der General völlig freie Hand, hier in Wilusi-pami wie auch im Umland. Aufrührer in den Dörfern sol-len direkt getötet werden, ohne vorhergehende Untersu-chung. Wir entsenden mehr Truppen, verstärkt auch auf Pferden, in Richtung Osten, von wo neuerdings Überfälle von Rebellen gemeldet werden. Mit ihnen werden wir kurzen Prozess machen; an Dörfern, die ihnen Unterstützung leisten, ist ein Exempel zu statuieren. So weit zum Umland. Agallu, was hast du für die Sicherheit in der Stadt vorgesehen?"

Der Angesprochene neigte kurz den Kopf in Richtung des Königs und verkündete dann: „Es liegt mir besonders am Herzen, faule Früchte auszumerzen, bevor sie ihre Umgebung anstecken können. Zu diesem Zweck werde ich das bereits bestehende Netzwerk von Informanten ausbauen. Überdies ist jeder Bürger von Wilusipami verpflichtet, aufrührerische Anwandlungen und Bemerkungen umgehend zu melden, sei es von Nachbarn, Kollegen oder auch in der eigenen Familie. Die Vernachlässigung dieser Pflicht soll selber als Anstiftung zur Rebellion geahndet werden. Gebt diese Anweisung an alle Stände weiter! Als weitere Maßnahme zur Erhöhung der allgemeinen Sicherheit werden wir neue Soldaten aus den höheren Handwerkerständen rekrutieren, insbesondere Söhne der Silber- und Waffenschmiede, sowie unter Umständen auch der Weber. Sie und ihre Nachkommen können nach sorgfältiger Prüfung ihrer Eignung in den Kriegerstand aufgenommen werden."

Das kam gut an bei den Familien der Schmiede und Weber. Man kann sich jedoch vorstellen, wie das neue Meldegebot bei den übrigen Handwerkern der Stadt aufgenommen wurde. Niemand vertraute niemandem mehr, keiner wagte es, offen zu reden. Kleinste Gesten bekamen mit der Zeit die Zeichen der Wahl, mit denen man sich der Überzeugung des Gegenübers zu versichern versuchte, auch wenn dennoch niemand seine Bedenken weiter zu äußern wagte, schließlich waren diese Gesten auch den Informanten bekannt. Das verbreitetste Zeichen, um seinen Unmut mit den bestehenden Verhältnissen auszudrücken, war die geballte Faust, die gegen den Oberschenkel geschlagen wurde.

Dann begannen die Anklagen gegen einige Mitglieder der Oberschicht. Die Miliz konfiszierte ihren Besitz, was offensichtlich der eigentliche Sinn der Aktion war. Zuerst wurden die Menschen beschuldigt, denen in der breiten Bevölkerung die wenigsten nachtrauerten: dickköpfige Wächter und reiche Silberschmiede, deren Hab und Gut man sich unter den Nagel reissen wollte. Langsam weitete sich die Verfolgung auf die übrigen Klassen aus.

Neben den verstärkten Repressalien half es auch nicht, dass die Seitenkrankheit weiterhin in der Stadt grassierte, dass der Regen in diesem Jahr einfach nicht aufhören wollte und die Ernte zu vernichten drohte, die Lebensmittel knapp wurden und den Familien die kleinen Kinder wegstarben. Von Muwa waren keine Befehle für konkreten Maßnahmen gegen die drohende Hungersnot zu vernehmen, außer, dass er den Bauern jetzt noch mehr abpresste und ihre Rationen verringerte, was ihrer Arbeitskraft nicht wirklich zuträglich war.

Zwei Monate nach seiner Thronbesteigung hatte Muwa sich schließlich zum lebenden Gott erklärt und jegliche Kritik an seiner Person zur Blasphemie, auf die neuerdings ebenfalls die Todesstrafe sowie die Konfiszierung des gesamten Besitzes stand: „Ich habe göttliche Autorität; die Menschen müssen gehorchen. Dies ist keine gewöhnliche Herrschaft; es ist ein Königtum, das auf göttlichem Gesetz beruht. Dem Priesterkönig zu widersprechen, heißt dem göttlichen Gesetz zu widersprechen. Eine Revolte gegen meine Herrschaft ist eine Revolte gegen die Götter. Eine Revolte gegen die Götter ist Blasphemie."

Beles und seine Leute hatten in den letzten Monaten regen Zulauf erhalten; es waren jetzt gut einhundert Personen, die sich in den Wäldern durchschlugen und von dort aus Angriffe auf Wachposten durchführten, bei denen sie immer neue Waffen und vor allen Dingen Nahrungsmittel erbeuteten, denn der karge Wald gab nicht genug für alle Rebellen her. Neben dem impulsiven Beles hatte sich die besonnenere Animkei zu einer Art Anführerin entwickelt. Mit ihrer schief verheilte Nase und den fehlenden Vorderzähnen, die sie kaum zu kümmern schienen, war sie ein Symbol für die Gewalt der Wächter und den Widerstand dagegen geworden.

Seit neue Truppen aus Iltir in die Garnison entsandt waren worden waren, war es ihnen jedoch deutlich schlechter ergangen. Hundert Menschen ließen sich schlecht im Wald verstecken, und auch wenn die Höhle, in der sie ursprünglich Unterschlupf gesucht hatten, immer noch unentdeckt geblieben war, so passten doch die wenigsten von ihnen hinein. Daher wurden immer wieder kleine Gruppen von geflüchteten Bauern gefasst und getötet, entweder direkt vor Ort oder im Zuge von öffentlichen Hinrichtungen in Iltir, die der Abschreckung dienen sollten. Die Strategie der Aufständischen war, im Gegenzug mehr Wachposten anzugreifen, um so ein Gleichgewicht des Schreckens zu schaffen, aber das wollte nicht recht funktionieren, da immer neue Soldaten aus der Stadt nachkamen.

„Jetzt!" Beles gab seinem Stoßtrupp das Zeichen zum Angriff. Zwölf Frauen und Männer stürmten den Unterstand der vier Wächter, die sich dort, am Rand des Waldes, vor dem strömenden Regen schützten. Ihre gelben Tuniken waren in der beginnenden Dämmerung noch gut zu erkennen. Beide gegnerischen Parteien waren nun mit Hellebarden und Dolchen ausgerüstet und die Überzahl der Rebellen verhieß ihnen einen schnellen und erfolgreichen Kampf.

Einer der Wächter stieß einen hellen Pfiff aus. In diesem Augenblick stürzte ein weiteres Dutzend, wenn nicht mehr Soldaten aus dem Unterholz. Diese trugen nicht die auffällige gelbe Tunika, die ihren Stand hervorhob, sondern braune oder beige Gewänder, die mit der Farbe ihrer Umgebung verschmolzen.

„Eine Falle! Lauft weg, es ist eine Falle!", rief jemand, aber da war es bereits zu spät. Die Rebellen waren umzingelt, von Männern, die im Kampf ausgebildet waren und deren Hellebarden nun auf sie gerichtet waren.

„Gebt auf! Ihr habt keine Chance!"

Aber das war nicht im Sinne der Rebellen. „Niemals! Kämpft! Gebt nicht auf! Freiheit oder Tod!", rief Beles seinen Leuten noch zu, bevor ein Schwert ihn von hinten traf, seinen Lungenflügel durchbohrte und ihn so mit einem Mal zum Schweigen brachte. Er sank auf die Knie und musste um Atem ringend dabei zusehen, wie seine Kameraden niedergemetzelt wurden. Sicher, sie schlugen sich tapfer und brachten den ein oder anderen Soldaten noch im Todeskampf Verwundungen bei, aber die Bauern waren den Wächtern gnadenlos unterlegen. Bei jedem schmerzhaften Atemzug, den Beles tat, rasselte und gurgelte es in seiner Brust. Auf seinem Rücken breitete sich ein roter Fleck über dem Stoff seiner Kleidung aus. Er bekam kaum noch Luft.

„Das da ist der Anführer", hörte er einen der Soldaten in gelber Uniform sagen, „ich habe ihn den Befehl zum Angriff geben hören."

„Was sollen wir mit ihm machen?"

„Tötet ihn!"

„Zuerst soll er uns zu ihrem Versteck führen! Wer weiß, wie viele von denen sich noch im Wald verschanzt haben."

„Niemals", versuchte Beles zu röcheln, aber sein Atem reichte nicht aus, um dieses eine Wort zu formen. Er schnappte stattdessen nur wortlos nach Luft, wütend über seine eigene Ohnmacht.

Aber da sagte einer der gelb gekleideten Soldaten auch schon: „Ihr meint wahrscheinlich die Höhle unter dem Felsen? Die haben wir schon entdeckt. Ein paar der

Vögel waren ausgeflogen, aber den Übrigen haben wir den Rest gegeben. Wir haben einen Haufen gestohlener Waffen sicherstellen können. Bringen wir es zu Ende!" Er trat auf den verletzten Gefangenen zu.

Das letzte, was Beles sah, war der Bronzedolch eines Wächters und das letzte, woran er dachte, war seine Frau Inteber.

Nachdem sie die Rebellion niedergeschlagen und alle Aufständischen, derer sie habhaft werden konnten, niedergemetzelt hatten, machten sich die Soldaten aus der Stadt daran, den Ursprung allen Übels, Tumarans Dorf, auszumerzen. Die Arbeitskraft der Bauern war in diesen Tagen des drohenden Hungers zu kostbar, um sie zu töten, denn es musste neues Land gerodet und urbar gemacht werden, um neue Felder für den Gerstenanbau zu schaffen.

Den Dorfbewohnern war das Gemetzel in den Wäldern nicht entgangen. Ein paar der ihren hatten es auf ihrer Flucht vor den Wächtern bis kurz vor das Dorf geschafft, bis sie von ihnen eingeholt worden waren und so waren ihr Flehen um Gnade und ihre Schmerzensschreie bis ins Dorf hinein zu hören gewesen. Die Bauern, die im Dorf geblieben waren, unter ihnen auch Tumaran, Lortikis und ihre Kinder, wurden von Soldaten mit blutbefleckten Waffen und Händen zusammengetrieben. Andere Wächter sammelten auf den Befehl ihres Hauptmanns hin einige Lebensmittel, Wasserkrüge, Werkzeuge und andere brauchbare Güter aus den Hütten ein, banden sie zu Bündeln zusammen, packten das Gepäck auf ein paar Maultiere und schwangen sich selber auf ihre Pferde. Dann trieben sie die Gefangenen fort in Richtung Nordosten. Die zurückbleibende Truppe zündete schließlich das, was vom Dorf übrig geblieben war, an. Die Dorfbewohner beobachteten ihr Treiben mit Entsetzen.

„Wohin bringt ihr uns?", wagte eine Frau zu fragen, die ein kleines, in eine dünne Decke gewickeltes Kind in den Armen trug. Sie war eine Cousine von Lortikis.

Die Soldaten ignorierten sie.

„Wohin bringt ihr uns?", wiederholte sie standhaft, nun ein wenig lauter.

Jetzt erst sah der Anführer der Truppe auf sie herab und antwortete. „In eine neue Strafkolonie, wo ihr Wälder roden und Felder anlegen werdet. Und jetzt sei still!"

Alle weiteren Fragen, alles Jammern und Flehen überhörten die Soldaten ungerührt; im Gegenteil, sie trieben die Bauern nur noch weiter an. Auch am Abend, aus der Entfernung noch, konnten sie hinter den Hügeln Rauchschwaden aus ihrem ehemaligen Dorf in den Himmel steigen sehen.

9

Am folgenden Tag wanderten sie bis zum Mittag durch eine Landschaft mit felsigen Höhen und schlammigen Feldern, unterbrochen von nur wenigen Resten von Eichen- und Pinienwäldern, vorbei an immer kleineren Dörfern, immer angetrieben von den Soldaten, Hügel auf- und abwärts, bis sie an den Rand des bewirtschafteten Landes anlangten. Hier stand noch dichter Wald, zwischen dem in kurzen Abständen immer wieder große graue Felsen emporragten. Die Soldaten hielten an und die Bauern taten es ihnen gleich.

„Wir sind da. Das ist euer neues Zuhause. Ihr habt bis zum Monat der Aussaat Zeit, mindestens zwanzig Morgen Wald zu roden. Mit dem Holz könnt ihr euch ein neues Dorf bauen, und ernähren wird euch der Wald auch aufs Erste. Wir kommen dann und wann nach dem Rechten sehen und wehe euch, wenn nicht alles zum Besten steht!"

„Gebt uns wenigstens unsere Vorräte!"

„Die Gerste betrachte ich als Wiedergutmachung für die getöteten Soldaten. Ihr habt hier alles, was ihr braucht."

„Wie sollen wir denn mit bloßen Händen den Wald roden? Gebt uns unsere Werkzeuge!"

Der Anführer des Trupps nickte einem seiner Männer zu, der wiederum einen Sack vom Rücken eines Maultiers band und ihn zu Boden warf. Die Schnur, die das Bündel verschlossen hatte, öffnete sich und Steinklingen, Sensen und Steinäxte fielen heraus, Tonkrüge zerbarsten auf dem Boden.

„Nun gut, dann will ich mal nicht so streng sein", sagte der Anführer süffisant.

Die Soldaten ließen weitere Bündel zurück, die die unfreiwilligen Kolonisten eifrig untersuchten. Lebensmittel waren nicht darunter, aber immerhin – neben ihren Werkzeugen – etwas Tongeschirr, das nicht zerbrochen war und ein paar Decken. Bei weitem nicht ausreichend für alle, aber zumindest die Kinder würden sich ein bisschen vor der Kälte schützen können.

Tumarans Wut über ihre Behandlung und seine Angst vor einer noch härteren Zukunft mischten sich mit der Trauer um seinen Bruder Beles, denn es war ihm klar, dass sie ihn gefasst und getötet hatten. Für ausgiebige Trauer jedoch blieb keine Zeit. Die Bauern untersuchten die Umgebung. In der Nähe fanden sie einen kleinen Fluss.

„Wenigstens das ist eine gute Nachricht", versuchten sie sich vorsichtig in Optimismus zu üben.

Einige der Ihren fingen sogleich an, notdürftige Unterkünfte zu bauen, die sie zumindest in der Nacht ein wenig vor dem Regen schützen sollten. Andere suchten Schutz unter Felsvorsprüngen. Wer nicht mit dem Aufbau eines Lagers beschäftigt war, verbrachte den Nachmittag auf Nahrungssuche. Es gab ein paar Kräuter, aber die Eicheln und Beeren waren noch lange nicht reif. Die Frauen machten sich unter Lortikis' Anleitung daran, improvisierte Kaninchenfallen aufzustellen und einige Jugendliche bastelten Speere aus Stöcken und Steinklingen.

„Was habt ihr denn damit vor?", fragten die Alten und die Jungen antworteten ihnen: „Wir haben vorhin da drüben im Unterholz Wildschweine gehört."

„Wir dürfen keine Wildschweine jagen!"

„Ach ja? Aber verhungern dürfen wir?" Ein stichhaltiges Argument.

Der Fluss beheimatete Flusskrebse, die die Jüngeren unter ihnen noch nie gesehen hatten und misstrauisch beäugten. Außer den Wildschweinen gab es auch anderes Wild: Rehe und Vögel. Besonders die vielen Vögel fielen ihnen auf, darunter Eichelhäher, Habichte, Sperber, Lerchen und Uhus. Sie konzentrierten sich auf die Jagd von Landtieren. Anstelle von Kaninchen waren ihnen schließlich ein paar Eichhörnchen in die Falle gegangen. Nicht wirklich ausreichend für so viele Menschen, aber sie waren nicht viel mehr gewohnt. Sie kochten aus allem, was sie finden konnten, einen Eintopf, den sie in einer mit einer Tierhaut ausgelegten Grube mit heißen Steinen kochten. Viele von ihnen aßen zum ersten Mal in ihrem Leben rotes Fleisch.

Die ersten Wochen waren nicht leicht, auch weil es in diesem Jahr einfach nicht Sommer werden wollte. Die ersten Bestrebungen der neuen Siedler galten dem Bau von Hütten und der Nahrungsmittelversorgung, die ihnen gleichzeitig auch Felle zum Schlafen lieferte. Viel gerodet hatten sie in den ersten vier Wochen noch nicht, nur die Bäume, deren Holz ihnen als Baustoff und Feuerholz diente. Auch ihr zurückgelassenes oder zerbrochenes Tongeschirr ersetzten sie zunächst durch hölzerne Teller, Schüsseln und Becher. Die neuen Wohnstätten nahmen langsam Form an. Durch das viele zur Verfügung stehende Holz standen ihnen mehr Möglichkeiten zur Verfügung, die Hütten bequem zu gestalten, mit erhöhten Schlafbänken etwa, die sie vor Kälte und Feuchtigkeit schützten und die nach und nach mit den weichen Fellen der erlegten Tiere ausgelegt wurden. Niemand wollte mehr zurück zu den alten Schlafmatten auf hartem Lehmboden. Die Feuerstellen gestalteten sie nun größer als zuvor, mit Sitzplätzen für mehrere Familien gleichzeitig rund herum, damit sie sich abends um die Feuer versammeln, gemeinsam essen, sich beraten und erzählen konnten. Noch immer benutzten sie Tierhäute zum Kochen, denn den Großteil ihrer Kochtöpfe hatten die Dorfbewohner bei ihrer Umsiedlung verloren und diese konnten nicht durch Holzgefäße ersetzt werden. Besonders die Jüngeren unter den Siedlern genossen nach dem ersten Schrecken die neuen Freiheiten und die unmittelbare Zweckhaftigkeit ihres Tuns. Sie arbeiteten zum ersten Mal in ihrem Leben für sich selber und nicht für andere. Einige der Älteren dagegen überlebten die ersten Wochen nicht; zu groß war die körperliche Anstrengung, zu gewaltig die Umstellung. Die Dorfbewohner mussten die Schwächsten ihrer Gemeinschaft am Waldrand begraben.

Die Arbeit war hart: Sie hatten die Felder sowohl für die Wintergerste, die im April geerntet wurde, als auch für die Linsen, die im Sommer erntereif waren, nicht nur zu roden und die Baumwurzeln auszugraben, sondern auch zu pflügen und schließlich einzusäen. Da es ihnen an Zugtieren fehlte, pflügten sie den harten Boden mit selbstgezimmerten Pflügen aus Holz, die von den kräftigsten Männern gezogen wurden. Die übrigen Dorfbewohner führten die Pflüge – eine Arbeit, die ebenfalls große Kraft verlangte, um die Ackerfurchen gerade und in ausreichender Tiefe zu halten – oder kümmerten sich um die anschließende Aussaat, die ebenfalls von Hand erfolgte.

Es dauerte über einen Monat, bis die Soldaten wiederkamen, um die Fortschritte der Waldrodung zu prüfen. Jetzt, wo die nächste Garnison viel weiter entfernt lag als das in ihrem letzten Dorf der Fall gewesen war, scheuten die Wachen den langen Weg. Schnell versteckten die Bauern das Fleisch und die Felle der unerlaubt erlegten Tiere. Zu diesem Zweck hatten sie eigens eine Grube unter einem ausladenden Busch am Rand der kleinen Lichtung gegraben, die sie blitzschnell mit bereit liegenden Zweigen und Blättern abdecken konnten. Unnötig zu sagen, dass die Soldaten mit den Fortschritten bei der Waldrodung nicht zufrieden waren und den Siedlern ein weiteres Ultimatum stellten:

„Eigentlich stehen auch euch wieder Gerstenrationen zu. Aber nur, wenn ihr eure Arbeit verrichtet; das versteht sich von selber. In einem Monat kommen wir wieder, um euch das Saatgut zu bringen. Bis dahin sind zehn Morgen Land gerodet, ansonsten nehmen wir eure Rationen und das Saatgut wieder mit zurück." Nach ein paar derben Scherzen und weiteren Drohungen ritten sie wieder davon.

„Lasst uns weiter in den Wald hineingehen, fort von den Wächtern, wo sie uns nie wieder finden!", sagten die Jungen.

„Sie werden uns überall finden – denkt daran, was mit Beles und den anderen passiert ist – und außerdem, wie wollt ihr ohne Gerste überleben?", fragten die Alten zurück.

Sie diskutierten die Angelegenheit während der allabendlichen Versammlung und der gemeinsamen Abendmahlzeit um ein hell loderndes Feuer. Der Großteil der Teilnehmer plädierte dafür, den Anweisungen der Wächter tunlichst Folge zu leisten, alle anderen fügten sich dem Mehrheitsbeschluss. Also rodeten sie. Die folgenden Wochen wurden die bisher härtesten, denn die viele Arbeit im Wald und die sich ausbreitende Lichtung zog sich auch das Jagdwild zurück. Diejenigen, die sich nicht am Bäume Fällen, Entasten und Holz Hacken beteiligen konnten, hatten damit begonnen, die Bäume der weiteren Umgebung zu schwenden, also ihnen im unteren Bereich des Stammes die Rinde abzuschälen, damit sie von selber abstarben. Diese Methode erforderte eine längere Wartezeit, machte die eigentliche Rodung später jedoch erheblich einfacher. Natürlich lieferten die so traktierten Eichen sehr schnell keine Eicheln mehr, um ihre mageren Vorräte zu strecken.

Eines Tages kamen zwei abgerissene und ausgehungert wirkende, aber erleichtert strahlende Frauen in die Siedlung gewankt: Es waren Animkei und Inteber.

„Ihr lebt! Wie habt Ihr das geschafft?", schallte es ihnen entgegen. „Setzt euch, ruht euch aus, esst! Hier, wir haben Fleischsuppe!"

Lortikis kam herbeigeeilt und umarmte die beiden Frauen. In ihren Augen glitzerten Freudentränen. „Ihr seid also entkommen!"

Die beiden Frauen nickten müde. „Ja", begann Inteber, „wir haben Kampflärm gehört, und Schreie, da haben wir uns gleich ein paar Waffen geschnappt und haben uns in die Büsche geschlagen. Aber schnell war klar, dass wir gnadenlos unterlegen waren und dann", sie schluckte, „hatten sie auch schon Beles und die anderen getötet."

Sie schwieg eine Weile, also fuhr Animkei fort, wie immer leicht lispelnd wegen ihrer fehlenden Schneidezähne: „Wir haben uns zwei Nächte in der Gegend versteckt, bis die Luft rein war. Wir wollten die Toten begraben, aber es waren zu viele. Zumindest Beles haben wir bestattet." Sie blickte zu Tumaran, der sich in der Zwischenzeit ebenfalls eingefunden hatte.

„Außer euch hat niemand überlebt?", fragte dieser.

„Wir wissen es nicht. Vielleicht konnten noch mehr von uns fliehen, vielleicht aber auch nicht."

„Und Aniur, dein Mann?"

„Ich weiß es nicht. Wahrscheinlich nicht. Wir haben nichts von ihm gehört, aber auch seine Leiche nicht gefunden."

„Vielleicht haben sie ihn mitgenommen?"

„Hoffentlich nicht."

Sie schwiegen wieder eine Zeitlang.

„Und dann?" Schließlich wollten sie alle wissen, wie es weiterging.

„Dann sind wir durch die Gegend gezogen, um einen mehr oder weniger dauerhaften Unterschlupf zu finden. Die Menschen in den anderen Dörfern haben uns geholfen. Viele haben von unserem Aufstand gehört. Sie haben uns zu Essen gegeben und für eine oder zwei Nächte aufgenommen, aber für längere Zeit haben sie es sich nicht getraut. Bis wir eben hier angekommen sind und euch alle wiedererkannt haben." Jetzt lachte sie endlich in die vielen bekannten Gesichter.

„Ihr habt von Waffen gesprochen", fragte ein Mann neugierig.

„Wir mussten sie zurücklassen. Zwei Bauersfrauen, die mit Waffen durch die Gegend ziehen, wären doch zu auffällig gewesen. Aber einen Dolch habe ich doch behalten." Animkei nestelte in den Falten ihrer fleckigen Tunika. „Hier ist er." Sie hielt ihn den Dorfleuten hin, Tumaran direkt unter die Nase. Die meisten der Umherstehenden staunten. „Der gehörte Beles. Ich habe ihn nach seinem Tod an mich genommen."

„Ich fasse das Ding nicht an", sagte Tumaran und wich zurück.

„Jetzt sei nicht albern", tadelte ihn seine Frau.

„Die Dinger bringen Unglück, ich sage es euch!"

Natürlich blieben die beiden Neuankömmlinge in ihrem neuen alten Dorf. Inteber zog bei Lortikis und ihrem Schwager Tumaran ein. Animkei brachte den Bewohnern, die sich dafür interessierten, den Umgang mit Waffen bei. Manche schnitzten sich Dolche, Schwerter und sogar Hellebarden aus Holz. Tumaran wollte mit alldem nichts zu tun haben.

Wie angekündigt erschienen einen Monat später erneut ein Trupp Wachen auf Pferden. Auf zwei Maultieren, die sie mit sich führten, waren Mehlsäcke festgebunden. Die Reiter ritten bis auf die Mitte der Lichtung und sahen sich um. „Könnte ein bisschen mehr sein", bemerkten sie. „Habt es wohl gemächlich angehen lassen, wie?", sprach der offenbar älteste unter ihnen, der schon einen grauen Bart hatte.

Lortikis wagte es als erste zu sprechen: „Nein, wir haben hart gearbeitet. Die Arbeit ist nicht leicht und braucht viel Zeit."

„Jammere nicht!" Der Blick des Wächters, der gesprochen hatte, fiel auf einen der Jugendlichen von vielleicht fünfzehn Jahren, die die Szene aus der zweiten Reihe heraus verfolgten. In der Falte seines Gewands war der Griff seines selbst geschnitzten Holzschwertes zu sehen. „Du, was hast du da?"

Der Junge erstarrte. „Ich?"

„Ja, du. Komm her!"

Langsam machte er einen Schritt auf die berittenen Soldaten zu. Mittlerweile dämmerte ihm wohl, was der Reiter gesehen hatte.

„Zeig mir, was du da am Gürtel hast."

„Es ist nur aus Holz, nur ein Spielzeug, Herr, nichts weiter."

„Soso, in deinem Alter hast du also noch Zeit zum Spielen. Gib es mir!"

Zögerlich ging er auf den Soldaten zu und hielt ihm den Griff des Holzschwertes entgegen. Dieser jedoch zog sein eigenes Bronzeschwert und stach damit auf den Jungen ein. „Das ist ein echtes Schwert, damit du es weißt. Und es ist nicht für Bauernhände gemacht."

Der Junge brach auf dem Boden zusammen.

„Nein!", schrie eine Frau.

Die übrigen Dorfbewohner hielten die Eltern fest, damit sie sich nicht auf die Soldaten stürzen konnten. Sicherlich warteten die nur auf einen Vorwand zu weiterer Gewalt.

„Warte, nur einen Augenblick, bis sie weg sind", flüsterte Inteber der Mutter zu.

„Gib ihnen das Mehl und das Saatgut!", befahl der alte Wächter dem jüngsten, der im Gegensatz zu den anderen, gelb gewandeten Kriegern als einziger eine braune Tunika trug. Er saß ab und machte sich daran, die Last der Maultiere abzuschnüren. Gerade wollte er vorsichtig den ersten Sack herunterheben, als sein Vorgesetzter ihn unterbrach: „Verschwende keine Zeit, wirf einfach alles herunter!"

Also löste der junge Rekrut nur die verbliebenen Halteseile und ließ die gesamten Säcke von beiden Maultieren auf den Boden rutschen. Die meisten der Säcke platzten auf; Mehl und Gerstenkörner verteilten sich auf dem Erdboden.

„Sitz auf, wir reiten zurück!", befahl der Wächter ihm. Und zu den Dorfbewohnern gewandt fügte er hinzu: „Vergesst nicht, wir kommen wieder!"

Sobald die Reiter die Lichtung verlassen hatten, stürzten die Verwandten des am Boden liegenden Jungen auf ihn zu und knieten sich neben ihn. „Konatin!", rief die Mutter, denn so hieß der Junge.

Er antwortete nicht. „Konatin!", rief die Mutter erneut.

Der Junge regte sich und öffnete die Augen. Sein Gesicht hatte alle Farbe verloren. Er hielt die Hände auf den Bauch gepresst. Das Holzschwert war neben ihm zu Boden gefallen.

„Lasst mich durch!", befahl Inteber. Sie war stets diejenige gewesen, die im Dorf am besten Wunden gepflegt und Krankheiten behandelt hatte. Sie kniete sich auf den

Boden, riss den Spalt in der blutbesudelten Tunika des Jungen weiter auf und besah die Wunde. In seinem Bauch klaffte ein schmales, aber tief wirkendes Loch, das stark blutete.

„Bringt ihn in unsere Hütte!", befahl sie.

Während die eine Hälfte des Dorfes sich damit abmühte, Konatin möglichst sanft in besagte Hütte zu tragen oder zumindest gut gemeinte Ratschläge zu geben, versuchte die andere Hälfte der Bewohner möglichst viel des verstreuten Mehls vom Boden zu kratzen und zurück in die Säcke zu füllen. Zu allem Überfluss war das Mehl auch noch mit hellgrauer Asche aus der Zeit des Ascheregens vermischt. Dann würden sie eben Gerstenbrei mit Asche und Erde essen müssen. Der Zorn schwelte in ihnen allen, aber kaum jemand verschaffte ihm Luft, aus Rücksicht auf und in Sorge um den verletzten Konatin, mit Ausnahme seiner Freunde und Altersgenossen, die aufgeregt Rache schworen.

„Habe ich es nicht gesagt?", zischelte Tumaran seiner Frau zu. „Waffen bringen Unglück."

„Sei still!", entgegnete diese. „Das ist jetzt nicht der Augenblick."

Inteber reinigte die Wunde mit einem schnell zubereiteten heißen Sud aus Kräutern und verband sie dann mit einem sauberen Stück Leinen, das sie ebenfalls in der gleichen Flüssigkeit getränkt hatte.

„Wird er es schaffen?", fragte Konatins Vater voller Sorge.

„Ich weiß es nicht. Ich tue mein Bestes. Hier", sie reichte ihm eine hölzerne Schale mit dem Sud. „Lass es etwas abkühlen und gib deinem Sohn davon zu trinken, wenn er trinken kann. Ich werde versuchen, die Wunde sauber zu halten. Mehr kann ich im Augenblick nicht tun. Er ist jung und stark; er kann es schaffen."

Die Bauchwunde fing trotz Intebers ständiger Pflege an zu nässen. Konatin bekam hohes Fieber und warf den Kopf im Fiebertraum hin und her. Wann immer es möglich war, versuchten sie, ihm Fleischbrühe von erbeuteten Tieren und Kräutersud einzuflößen. Nacht für Nacht bangten die Eltern und Freunde um den Jungen und wachten abwechselnd an seinem Krankenlager. Er wurde zusehends schwächer und sie befürchteten schon das Schlimmste. Konatins Mutter wollte gar nicht mehr von der Seite ihres Sohnes weichen.

„Hör zu!", redete Inteber auf sie ein. „Es hat keinen Sinn, dass du dich auch noch erschöpfst. Geh nach Hause und schlaf ein wenig! Du hast es nötig. Ich bin hier und wache an seiner Seite. Sobald sich an seinem Zustand auch nur das kleinste Bisschen ändert, werde ich dich holen lassen; das verspreche ich dir."

Und Inteber wachte an seiner Seite, bis auch sie der Schlaf im Sitzen übermannte. Als sie im Morgengrauen aus ihrer unbequemen Schlafposition erwachte, vermisste sie die Geräusche, die Konatins unruhiger Schlaf erzeugt hatte. Er lag ganz still da und sie konnte seinen Atem nicht mehr hören. Erschrocken beugte sie sich über den Jungen und brachte ihr Ohr nach an sein Gesicht. Doch, sie konnte seinen Atem spüren. Er schlief offenbar tief und fest; sein Atem ging regelmäßig. „Dem Himmel sei Dank!", dachte Inteber. Sie legte ihre Hand auf seine Stirn. Sie fühlte sich trocken und kühl an; das Fieber war verschwunden. Voller Erleichterung ließ sie nach Konatins Mutter schicken.

Gegen Mittag dann richtete sich der Kranke mit einem Mal auf seiner Schlafstatt auf und sah sich um. „Mutter?", fragte er.

„Ich bin hier", antwortete diese und eilte an die Seite ihres Sohns. „Wie geht es dir?"

„Ich habe solchen Hunger!"

„Das ist ein gutes Zeichen", stellte Inteber fest und wies auf einen Topf an der Feuerstelle – sie benutzte einen der wenigen Kochtöpfe aus Ton, die ihnen geblieben waren. „Mach ihm etwas Suppe warm, aber er soll langsam essen!"

Doch zunächst sah sie nach der Wunde, die nun nicht mehr entzündet war und endlich zu heilen begonnen hatte. Nach einigen weiteren Tagen der Ruhe konnte sie endlich Entwarnung geben: „Er hat es geschafft!"

Konatins Freunde hatten trotz ihrer Erleichterung über dessen Genesung ihren Racheschwur nicht vergessen. Und ihr Sinn nach Rache kochte kurz darauf erneut hoch.

Es war eines der Kinder, die Tochter eines Bauern, das im Wald Bäume schwendete, damit sie sich später leichter fällen ließen. „Hier ist einer, da liegt jemand!", hatte es gerufen und war in die Lichtung zu den Waldarbeitern gelaufen.

„Wer ist es? Was ist passiert?", fragten sie.

„Ich weiß nicht. Er ist keiner von uns."

„Wie, keiner von uns? Wer ist es dann?"

„Ich weiß es nicht. Kommt mit, ich zeige euch die Stelle!"

Drei der Männer liefen dem Mädchen hinterher. „Dort drüben, da liegt er", sagte es.

Tatsächlich war an der Stelle, auf die sie zeigte, ein auf dem Boden liegender Körper zu erkennen, reglos, gekleidet in eine braun gefärbte Tunika. Sie näherten sich der Person und knieten neben dem Körper nieder. Es war ein hochgewachsener, aber schmächtiger junger Mann, eher noch ein Junge.

„Er lebt. Er ist nur ohnmächtig", sagte einer von ihnen und strich ihm mit einer Hand die feuchten Haare aus dem Gesicht. Dann zog er seine Hand weg. „Er ist ganz heiß. Er glüht vor Fieber."

„Ich kenne ihn!", rief plötzlich einer von Konatins Freunden; Taseter war sein Name. „Seht nur, es ist der Wächter, der die Mehlsäcke von den Maultieren geworfen hat!"

„Stimmt, du hast Recht."

„Dann tötet ihn!"

„Unsinn, er ist doch noch ein Junge!"

„Aber er ist ein Wächter."

„Und warum trägt er dann keine gelbe Kleidung?"

„Manche von den Neuen tragen doch jetzt braun, hast du das nicht gesehen? Wahrscheinlich, damit man sie nicht so leicht entdeckt."

„Er trägt doch gar keine Waffen!"

„Na und? Er ist es, ich bin mir ganz sicher. Wir alle essen seit einer Woche Brei mit Erde und das ist nur seine Schuld."

„Ist es nicht; es wurde ihm befohlen."

„Ich sage, lasst uns ihn töten."

„Nein", mischte sich nun der Älteste von ihnen ein, der bislang schweigend zugehört hatte. „Wir bringen ihn ins Dorf und entscheiden gemeinsam, was wir mit ihm machen!"

Sie trugen den immer noch bewusstlosen Jungen ins Dorf, wo sein Auffinden sogleich große Aufregung auslöste.

„Er ist es, der Junge, der die Mehlsäcke zu Boden geworfen hat, ganz sicher!", bestätigten auch andere Dorfbewohner.

„Ein Wächter!"

„Ein Junge!", rief Lortikis bestimmt.

„Trotzdem, ein Soldat. Töten wir ihn, aus Rache für Konatin!"

„Red keinen Unsinn! Außerdem geht es Konatin schon wieder gut", entgegnete Lortikis. „Was hat der Junge denn?", fragte sie.

„Fieber. Er ist ganz heiß", sagte einer der Männer, der ihn ins Dorf getragen hatte.

„Dann braucht er Pflege", mischte sich jetzt auch Inteber ein.

„Pflege? Er ist ein Wächter, ein Soldat, eine Leuteschinder, ein Mehlverschütter. Und den willst du pflegen?", rief Taseter.

Lortikis sah den Freund Konatins herausfordernd an. „Nun sieh ihn dir doch mal an! Er ist bloß ein halbes Kind, jünger noch als du! Und außerdem", fügte sie hinzu, „willst du nicht wissen, warum er alleine, krank und ohne Waffen hier im Wald liegt?"

Spätestens ihre Neugier überzeugte die Umstehenden und sie brachten den Jungen zu Konatins ehemaligem Krankenlager in Intebers Hütte.

„Wir werden ein neues Gebäude eigens für Intebers Kranke bauen müssen", dachte Tumaran.

Inteber untersuchte den Jungen, erst nach äußeren Verletzungen, von denen sie keine entdecken konnte, dann den allgemeinen Zustand. Zwischenzeitlich öffnete er kurz die Augen und blickte sich unsicher um, schloss sie aber bald wieder. Sein Atem ging rasselnd.

„Was hat er?", fragte Lortikis.

„Hohes Fieber. Er atmet schwer. Und er ist geschwächt, völlig ausgetrocknet; wahrscheinlich ist er schon seit Tagen im Wald. Ich werde ihm einen Kräutersud zubereiten, den er auf jeden Fall trinken muss."

Kurz darauf kam sie mit einer dampfenden Schüssel zurück, mischte den Inhalt mit kühlem Wasser und setzte sich damit neben den Kranken. „Hilf mir bitte", forderte sie Lortikis auf und begann, die Schultern des Jungen sanft zu schütteln und seine Wangen zu tätscheln, erst sanft, dann ein bisschen stärker. „Wir müssen ihn aufwecken und aufrichten, damit er trinken kann."

Der Patient schlug erneut seine Augen auf , die fiebrig glänzten, und wollte sie gleich wieder schließen, aber Lortikis insistierte: „He, Junge, wach auf! Kannst du mich hören?"

Er nickte schwach.

„Du musst etwas trinken! Verstehst du? Sonst stirbst du."

Gemeinsam richteten sie seine schlaksige Gestalt auf, wobei er anfing zu husten, was ihn offensichtlich Kraft kostete. Erst, als er endlich aufgehört hatte und seine schmerzhaft verzerrten Züge sich entspannten, hielt Inteber ihm die Schüssel an die aufgesprungenen Lippen. „Hier, trink!"

Sie brachten ihn dazu, fast die ganze Schale auszutrinken, bevor er erneut einen Hustenanfall bekam und erschöpft auf das Lager zurücksank.

„He, wir heißt du eigentlich?", fragte Lortikis.

„Iltirbas", murmelte der Junge, bevor er wieder die Augen schloss.

„Ein echter Stadtjunge also", bemerkte Tumaran.

Unter Intebers Pflege erholte sich Iltirbas schnell. Bald war er in der Lage, den gespannten Zuhörern, die sich in der Hütte versammelt hatten, seine ganze Geschichte zu erzählen:

„Mein Vater ist Waffenschmied in Wilusipami, ich meine in Iltir, wo ich aufgewachsen bin. Ich bin sein jüngster Sohn. Als der Erlass des neuen Königs Muwa verkündet wurde, dass auch Jungen aus den oberen Handwerkerklassen bei der Wache eintreten können, um dann später vielleicht in die Kriegerklasse aufgenommen zu werden, hat mein Vater mich sofort angemeldet. Schließlich hat man als Krieger viel mehr Rechte. Viele meiner Freunde haben sich auch gemeldet. Uns Söhne von Waffenschmieden haben sie gerne genommen, weil wir uns schon mit Waffen auskennen. Sie haben uns braun gefärbte Tuniken gegeben, nicht die gelben, weil wir ja gar keine richtigen Krieger sind. Mit Stöcken haben wir hart geübt, auch das Reiten auf Pferden, aber sie haben immer die Söhne ihrer eigenen Leute vorgezogen, selbst wenn einer von uns bei den Übungen besser war. Deshalb haben wir noch härter trainiert. Schließlich haben sie meine Ausbildung für beendet erklärt, mir einen Dolch gegeben und mich einem Trupp zugeteilt, der hier nach dem Rechten sehen und Gerstenmehl bringen sollte. Ich war für die Pferde und Maultiere zuständig. Der Hauptmann ist schrecklich, aber die anderen Soldaten sind eigentlich ganz in Ordnung und haben mich recht gut behandelt. Und dann hat er mir hier im Dorf befohlen, die Säcke mit dem Mehl einfach fallenzulassen. Ich wollte nicht, dass sie aufplatzen, ehrlich!" Er sah die Umstehenden flehentlich an. Auch Iltirbas, der ja eigentlich

Besseres gewohnt war, hatte in den letzten Tagen schon mit Erde versetzten Gerstenbrei gegessen und ihn als widerlich empfunden. „Wir sind dann wieder zurück nach Wilusipami geritten, wo wir neue Befehle erhalten haben und wieder losgezogen sind. Eigentlich fand ich es ganz aufregend, wenn nur die Strafaktionen in manchen Dörfern nicht gewesen wären. Die Leute haben mir immer leid getan. Manche sahen ganz verhungert aus. Ach ja, und geregnet hat es auch ständig. Und dann habe ich die Seitenkrankheit bekommen."

„Die was?"

„Die Seitenkrankheit. Daran ist doch der alte König gestorben, heißt es jedenfalls. Erst habe ich nur gehustet. Dann wurde mir ganz heiß und ganz kalt und ich konnte kaum noch atmen. Der Hauptmann hat den anderen gesagt, dass sie keine Zeit hätten, mich zu pflegen und dass sie mich einfach zurücklassen sollten. Und das haben sie getan, ohne Maultier, und den Dolch hat der Hauptmann mir auch abgenommen. Von da an war ich im Wald, ich weiß nicht, wie lange, weil ich immer schlafen musste und manchmal ganz verrückte Sachen gesehen habe, Mischwesen und Geister und so, bis ihr mich gefunden habt", beendete Iltirbas seinen Bericht. „Ich schulde euch mein Leben. Bitte nehmt meinen Dienst als Dank dafür an! Ich kann euch den Umgang mit Waffen beibringen."

Niemand verlangte mehr nach Iltirbas' Tod, im Gegenteil, er freundete sich sogar mit Konatin und Taseter an. Am gleichen Abend des Tages, an dem Iltirbas seine Geschichte erzählt hatte, fing auch Lortikis an zu husten; kurz darauf auch die anderen Bewohner des Hauses sowie die Männer, die den Kranken ins Dorf getragen hatten. Nach wenigen Tagen grassierte die Krankheit im ganzen Dorf. Nicht bei allen verlief sie so schlimm wie bei Iltirbas, aber Fieber, Atemnot und Husten schwächten doch nicht wenige Bewohner und ein paar der Schwächeren waren der zusätzlichen Belastung nicht gewachsen. Auch Tumaran bangte drei Tage und Nächte lang um Lortikis' Leben, die nun auch mit dem Fieber rang. Zu aller Erleichterung setzte sie sich nach dieser Zeit auf und verlangte nach Suppe. Eine Woche später war sie endlich wieder genesen. Wegen all der Kranken jedoch kam die Waldsiedlung gut zwei Wochen lang mit den Rodungsarbeiten kaum voran. Als die Soldaten das nächste Mal in der Gegend patrouillierten, waren sie unumwunden enttäuscht über den mangelnden Fortschritt und verlangten lautstark mehr Einsatz. Sie blieben jedoch auch dieses Mal nicht lange und hielten tunlichst Abstand zu den teilweise noch immer hustenden Dorfbewohnern. Letztere, für die die konstante Überwachung einst an der Tagesordnung und die Garnison immer in Blickweite gewesen war, gewöhnten sich langsam an die kleinen, neuen Freiheiten und Tabubrüche. Sie begegneten den Wächtern zunehmend mit offen zur Schau gestellter Ablehnung, nicht offensiv, aber doch unwirsch. Iltirbas hatte sich derweil in einer der Hütten versteckt, um von den Soldaten nicht entdeckt zu werden. Er hatte nicht die geringste Lust, wieder zu ihnen zurückzukehren, möglicher sozialer Aufstieg hin oder her. Womöglich würden sie ihn sogar als Verräter betrachten, wenn sie ihn hier im Dorf entdeckten. Da blieb er lieber bei seinen neuen Freunden. Nur seine Familie vermisste er. Was würden seine Eltern wohl zu alldem sagen? Wären sie enttäuscht? Dachten sie, er wäre tot? Hatten die Wächter ihnen überhaupt irgendetwas gesagt? Würde er wieder zurückkehren können und wenn ja, wann?

Der immer noch verregnete Spätsommer in der Waldsiedlung war durch die Ankunft von Neuankömmlingen gekennzeichnet. Vielleicht fünfzig Personen waren, so wie sie selber damals, von Soldaten zu der Lichtung geführt worden, mit dem Auftrag, weiteren Wald zu roden. Jetzt hatten sie zwar zusätzliche Arbeitskräfte, aber auch mehr Menschen zu versorgen, die ohne viel Hab und Gut ihr Land hatten verlassen müssen. Ein paar der „alten" Dorfbewohner murrten bereits: „Sollen wir die jetzt auch noch durchfüttern? Wir haben doch genug eigene Probleme."

„Seid ihr denn völlig verrückt?", fragte sie Tumaran. „Erinnert ihr euch nicht daran, wie wir selber hier angekommen sind, ohne alles? Hätten wir nicht auch gerne Menschen vorgefunden, die uns am Anfang hätten helfen können?"

„Eben, wir mussten alles alleine machen."

„Und deshalb sollen wir uns nicht gegenseitig helfen? Überleg doch mal, wieviel besser es uns geht, wenn wir zusammenhalten, wenn wir mehr Arbeiter sind, die mit anpacken können!"

„Und mehr Verteidiger, die mit uns gegen die Wachen kämpfen können", fügte Animkei hinzu. Tumaran gefiel diese Entgegnung nicht sonderlich; sie wurde jedoch von den Kritikern noch als schlagkräftigstes Argument angenommen.

Die meisten Bewohner allerdings nahmen die Neuankömmlinge von Beginn an freundlich auf: „Woher kommt ihr?", wollten sie wissen.

Ein kleiner, drahtiger Mann mit grauem Bart übernahm die Antwort: „Aus dem Tal gleich nördlich von Iltir. Ein paar von uns haben sich geweigert, Tribut zu zahlen, dann haben sich weitere aus dem Staub gemacht. Dafür haben sie unser Dorf abgebrannt und uns hierher gebracht."

„Und eure Felder? Wer bestellt die?"

„Ich glaube, die haben sie an die Leute aus dem Nachbardorf oder an andere Bauern, die wir nicht kennen, gegeben. Wir wissen es nicht genau; wir mussten sofort aufbrechen. Sie haben uns kaum etwas einpacken lassen!" Er ballte die Hand zur Faust und schlug sich damit auf den Oberschenkel. Als Iltirbas die Geste sah, tat er es ihm gleich, ebenso einige der anderen Neuankömmlinge.

Tumaran sah von einem zum anderen. „Was soll das sein?"

„Kennt ihr das Zeichen nicht?", fragte der Mann erstaunt.

Tumaran, Lortikis und die anderen schüttelten ihre Köpfe.

Iltirbas mischte sich erklärend ein: „In der Stadt wird es von Leuten benutzt, die damit zeigen wollen, dass sie mit dem neuen König und seinem General nicht zufrieden sind. Es ist eine Art Erkennungszeichen. Man darf es natürlich nicht überall machen und die Wachen kennen es natürlich auch, aber bis jetzt kann man sich immer noch damit herausreden, dass man sich nur die Hand abgewischt hat oder eine Mücke erschlagen wollte oder so. Ich kenne ein paar Leute, die verprügelt worden sind, weil sie es gemacht haben, aber es ist trotzdem sehr verbreitet. Mein Bruder benutzt es auch, aber ich hätte ihn natürlich nie verraten."

„Du bist aus der Stadt?", fragte der alte Mann.

„Ja", entgegnete Iltirbas. „aus einer Familie von Schmieden. Ich sollte Soldat werden und bin als Rekrut in die Wache eingetreten, aber..."

„Du bist einer von denen?", fragte er entsetzt.

„Nein, ich bin abgehauen, desertiert würden sie wohl sagen. Also eigentlich haben sie mich verlassen, aber dann..."

„Das ist ja jetzt auch egal", unterbrach Lortikis. „Jetzt ist Iltirbas einer von uns, genau wie ihr alle. Und jetzt genug geredet. Es gibt viel zu tun, an die Arbeit!"

II

Im Palast von Wilusipami herrschte derweil eine angespannte Stimmung. Muwa erwies sich mehr denn je als
jähzornig, so sehr, dass seine Untergebenen Angst vor
ihm hatten. Nur die wenigsten wussten, dass der zuneh-
mende Unmut des Königs nicht ausschließlich politische
Gründe hatte, sondern dass er zu allem Überfluss unter
einem schmerzhaften Zahnabszess litt. So oder so wagte
es niemand außer seiner Frau und seinem engsten Ver-
trauten, ihm so nahe zu kommen, dass er oder sie seinen
durch den Abszess hervorgerufenen faulen Mundgeruch
hätte wahrnehmen können. Der oberste General Agallu
nutzte seinen Einfluss auf den Herrscher, wo er nur
konnte, während Muwas Frau Naru ihre neue Stellung
als Königin genoss. Ihre Visionen waren bei Hof wichti-
ger denn je und trugen entscheidend zu den Beschlüssen
des Königs bei.

„Die Familien der neuen Hilfsrekruten verlangen,
dass sie schon jetzt einige der ihnen versprochenen Privilegien erhalten", erzählte er seiner Frau beispielsweise

beim Mittagessen. „Schließlich, so sagen sie, zahlen sie einen Blutzoll."

„Ich habe vergangene Nacht geträumt", entgegnete Naru, „dass ganz in das Gelb der Wächter gekleidete Schmiede hinter ihren Ambossen standen und Schwerter schmiedeten, während sie dabei immer größer und stärker wurden, bis sie kamen und mit ihren Hämmern das Palasttor zertrümmerten. Gib ihnen nicht zu viel! Wenn du ihnen die Hand reichst, wollen sie den ganzen Arm nehmen. Lass sie doch ihren Blutzoll entrichten und halte sie weiter hin!"

Zwei ihrer Träume sollten besonders nachhaltige Wirkung auf das Land haben.

„Letzte Nacht erschien mir Taru, der Wettergott, im Schlaf", begann sie eines Morgens und machte eine dramatische Geste, um ihrer Eingebung noch mehr Nachdruck zu verleihen. „Er nahm mich an die Hand und zeigte mir die Ernte der nächsten Jahre. Die Ähren waren verformt und voller schwarzer Pilze, die Linsen winzig und schwarz. Dann zeigte er mir Menschen, so dünn wie Skelette, die im Sturm umher wankten. Das Vieh lag tot am Boden und die Speicher waren leer, genau wie im Epos vom Verschwinden des Fruchtbarkeitsgottes. Es wird eine Hungersnot geben, Muwa, weitere Missernten. Es waren fünf verfaulte Ähren, fünf Ähren für fünf Jahre. Zwei Jahre haben wir bereits Missernten, drei weitere Jahre werden folgen. ‚Du bist die Königin, Naru', sagte der Gott zu mir. ‚Es ist deine Aufgabe, deinen Mann, den König, zum Handeln zu bringen.'"

Muwa presste die Lippen zusammen. „Noch mehr Missernten!", rief er aus. „Was haben wir dem Wettergott und seinem Sohn nur getan?"

„Es ist nicht deine Schuld. Es war Tattis Zögern, das den Göttern missfiel. Es sind die Aufständischen, die Aufrührer, und die Weichlinge, die sie erzürnen. Tattis ist tot, aber Annitis Anwesenheit am Hof erinnert uns jeden Tag erneut an seine schwache Herrschaft. Du hingegen musst jetzt Stärke zeigen, die Unbilden besiegen und das Land zu neuer Stärke führen!"

Muwa nickte und rief seinen obersten Verwalter herbei. „Kürze die Rationen der Bauern und der Handwerker; wir müssen mehr Mehl einlagern. Ebenso die Linsen. Die Rationen der Soldaten bleiben gleich."

„Aber Herr", wagte der Verwalter einzuwenden, „die Bauern hungern schon jetzt und die Stimmung unter den Handwerkern ist auch nicht gut. Wenn wir die Rationen noch weiter..."

„Wer ist hier der König, du oder ich?", unterbrach ihn Muwa barsch.

Der frühere Herrscher Tattis hätte ihn niemals so angefahren, sondern hätte sich zumindest angehört, was er zu sagen gehabt hatte. Die Zeiten änderten sich nunmal. „Ihr natürlich, Herr, verzeiht!", sagte er daher.

„Dann tu, was ich dir sage!" Versöhnlicher fügte er hinzu: „Ich mache es ja nicht aus Spaß, hör zu: Der Wettergott hat vergangene Nacht zu mir gesprochen." Dabei warf er einen entschiedenen Blick in Richtung seiner Frau. „Er hat verkündet, dass es weitere Missernten geben wird; anschließend wird alles besser werden, wenn wir nur entschlossen und ohne zu zögern handeln. Wir brauchen einen Plan für fünf Jahre. Zuerst müssen wir unsere Vorratsspeicher ausbauen und auffüllen. Lass neue Speicher bauen, unten in der Stadt bei den Müllern. Nimm dir dazu so viele Handwerker, wie du benötigst, als Arbeitskräfte: Töpfer, Weber, Korbflechter, Gerber, was weiß ich, nur die Müller müssen weiter als solche arbeiten. Ach ja, und die Waffenschmiede natürlich auch. Lass alles von ausreichend Soldaten bewachen. Hast du verstanden?"

„Jawohl, Herr, ich verstehe."

Die Bauarbeiten an den neuen Vorratsspeichern in der Unterstadt wurden mit Hochdruck vorangetrieben. Die Müller mahlten mit allen zur Verfügung stehenden Mitteln und Hilfskräften, um die neuen Speicherbauten mit Mehl zu füllen. Alles wurde durch von Agallu handverlesenen Wächtern gut bewacht. Der General selber inspizierte die Bauarbeiten und die Sicherheitsvorkehrungen täglich und ließ es sich auch nicht nehmen, gelegentlich einem seiner Meinung nach faulen Arbeiter mit der Stange seiner Hellebarde einen kräftigen Stoß zu geben.

Man kann sich denken, wie der Befehl, bei gekürzter Ration Frondienst am Bau treiben zu müssen, bei den stolzen Handwerkern aufgenommen wurde. Immer mehr Fäuste hieben auf Oberschenkel, wenn keiner der

Wachen hinsah. Niosenas Schwager kam allabendlich fluchend von seinem Frondienst in sein Haus zurück, wo auch seine Frau und Schwägerin arbeiteten. Er musste Lehm mit Stroh vermischen und über Stunden mit den Füßen treten, bis er sich zum Bau von Lehmgebäuden eignete. „Lehm!", schimpfte er, „Ich, der ich die feinsten Töpferwaren herstellen kann, muss jetzt Lehm treten!" Die beiden Frauen durften weiterhin ihren Töpferberuf ausführen, und zwar, um Pithoi, große Vorratsgefäße für die neuen Speicher anzufertigen. Die beiden Kinder, ein Junge und ein Mädchen von etwa neun und elf Jahren, halfen ihnen dabei und lernten so bereits den Beruf ihres Standes.

„Und wisst ihr, was die besten Weber der Stadt jetzt machen?", fuhr Niosenas Schwager an die beiden Frauen gewandt fort. „Sie bauen Flechtwerkwände aus Zweigen, damit wir sie dann mit dem Lehm verputzen können." Er ballte die Hand zur Faust, ließ sie dann aber müde auf seine Beine sinken. „Ich habe Hunger", sagte er.

Seine Frau, die wusste, dass er die härteste Arbeit von ihnen verrichtete, hatte ihr Brot über den Tag hinweg kaum angerührt, so dass sie ihm nun eine große Portion davon vorsetzen konnte. Dazu gab es eine ziemlich dünne Linsensuppe.

„Haben wir noch Käse?"

Sie schüttelte den Kopf. Kein Käse.

„Bier?"

Immerhin ein kleiner Krug davon ließ sich noch auftreiben.

Nach dem Essen kehrte Niosena wie immer die Brot-
krümel zusammen. Mittlerweile verfütterte sie sie nicht
mehr morgens an die Vögel, sondern sammelte sie, um
damit die dünne Linsensuppe etwas einzudicken. Statt
dicker Linseneintöpfe aßen nun auch die Handwerker
immer öfter Gerstenbrei.

Iltirbas' Familie, die zur Klasse der Waffenschmiede gehörte, musste indes keinen Frondienst leisten. Waffen waren zur Zeit besonders begehrt. Dennoch war die Stimmung gedrückt.

„Kannst du nicht noch einmal nachfragen?", bat Iltirbas' Mutter – Birike war ihr Name – ihren Mann. Sie war
eine hochgewachsene Frau mittleren Alters, deren langes
dunkles Haar von grauen Strähnen durchzogen war.

Der Angesprochene, der die für seinen Berufsstand ty-
pische kräftige Figur hatte, schüttelte matt den Kopf. „Ich
war doch schon dreimal bei der Wache. Sie wissen nichts
oder wollen es uns nicht sagen. Sie haben mir ziemlich
deutlich zu verstehen gegeben, dass ich sie nicht weiter
behelligen soll, oder ..." Er sprach nicht weiter.

„Oder was?", hakte Birike nach.

„Naja, sie können uns jederzeit des Verrats bezichti-
gen und uns alles nehmen, nicht wahr?"

„Iltirbas haben sie uns bereits genommen, was denn
noch? Ich will meinen Sohn zurück! Sie haben gesagt, er
komme mindestens einmal im Monat in die Stadt zurück.
Nun sind es schon vier Monate und wir haben noch kein
Sterbenswörtchen von ihm gehört. Und Iltirbas ist nicht

der einzige, der nicht zurückgekehrt ist; hast du das nicht von den anderen Familien gehört?"

„Ich weiß." Er seufzte. „Ich hatte gehofft, unsere Familie würde Privilegien erhalten, eine gute Zukunft für Iltirbas, immer gutes Essen, ein großes Haus, Ansehen, und jetzt haben sie uns stattdessen die Rationen gekürzt." Er stocherte in seinem schlichten Linseneintopf herum, der trotz seiner Klagen immer noch so dick war, dass mancher Bauer dafür gemordet hätte.

„Und keiner denkt auch nur daran, unsere Fragen zu beantworten", beschwerte sich Iltirbas Mutter, um dann leiser hinzuzufügen: „Ich hoffe, er lebt noch."

Eine weitere von Narus Visionen, oder zumindest das, was sie als göttlich inspirierten Traum gehabt zu haben berichtete, hatte schwerwiegende Folgen, zwar nicht für die ganze Bevölkerung, so aber doch für eine ganz bestimmte Person.

„Muwa, ich muss dich unter vier Augen sprechen!" Naru war in den Raum des Palastes getreten, in dem der König üblicherweise seine Regierungsgeschäfte tätigte. Er hatte sich angewöhnt, dabei im Zimmer hin und her zu laufen und nur stehenzubleiben, um gelegentlich einen Blick aus dem Fenster zu werfen. Ruhig dazusitzen erlaubte ihm der bohrende Zahnschmerz im Augenblick nicht, trotz der Paste aus Mastix, mit der sein Leibarzt die Entzündung schon seit Wochen zu behandeln versuchte. Ein einziger Blick des Königs genügte und die versammelten Verwalter und Diener eilten aus dem Raum. General Agallu war auch anwesend, aber im Gegensatz zu seinem Stellvertreter Happuala, der umgehend zusammen mit den anderen den Raum verließ, machte er keine Anstalten zu gehen.

„Agallu kann bleiben", bestimmte Muwa.

Naru zögerte einen Augenblick, fasste dann aber einen Entschluss und begann zu sprechen: „Ich habe etwas gesehen; es ist wichtig."

„Eine Vision?"

„Ja. Sie betrifft dich, Muwa."

„Was ist es?" Jetzt sah er seine Frau mit höchster Aufmerksamkeit an.

„Ich weiß jetzt, warum deine Zahnschmerzen nicht vorübergehen. Warum sie stattdessen immer schlimmer werden. Wenn du nicht handelst, wird es dir bald noch schlechter ergehen; die Entzündung wird von deinem ganzen Körper Besitz ergreifen."

„Und was ist der Grund?"

„*Wer* ist der Grund, solltest du fragen. Die Götter haben es mir gesagt: es ist Anniti. Ich habe sie im Traum gesehen, wie sie Eberzähne mit Silberdraht, Haaren und Dung in eine Schüssel füllte und heimlich im Palastgarten vergrub, genau unter deinem Fenster. Das ist Hexerei; sie verhext dich mit einem Schadenszauber, ich weiß es!"

„Du beschuldigst deine eigene Schwester?"

„Meine Halbschwester", stellte Naru klar. „Sie hat den Tod ihres Mannes und den Verlust ihrer Königinnenwürde immer noch nicht verwunden. Vielleicht weiß sie sogar, wie er wirklich gestorben ist. Sie ist eine Gefahr für uns."

„Kann sie mir ernsthaft schaden?", fragte Muwa seine Frau und hatte die Frage schon für sich selbst beantwortet, als er mit der Zunge über die peinigende und eiternde Stelle seines Zahnfleischs fuhr und vor Schmerz zusammenzuckte. Er drehte sich um und sah Agallu in die Augen. „Kümmere dich darum!", befahl er ihm.

Als ehemalige Königin wurde Anniti mit allen ihr zustehenden royalen Würden bestattet. Es wurde eine dreitägige Trauer angeordnet; es gab Tieropfer, Trankopfer und Prozessionen von Klageweibern. Am dritten Tag wurde das Grabgefäß ihres Mannes Tattis feierlich aus dem Boden des Versammlungssaals ausgegraben und geöffnet. Darin befand sich der teilweise verweste Körper des vormaligen Königs. Die anwesenden Würdenträger versuchten unauffällig, einen größeren Abstand zum Grab einzunehmen; einige unterdrückten ein Würgen, denn der Gestank beim Öffnen des seit Monaten verschlossenen Sargs war immens. Es waren die Palastpriester, die die Bestattungszeremonie vornahmen. Eigentlich wäre die Zeremonie einer königlichen Bestattung Muwa als Priesterkönig zugefallen, aber er hielt ebenfalls lieber Abstand. Die Priester betteten den in hockender Stellung in ein rotes Tuch eingeschnürten Körper Annitis, der mit Silber geschmückt war, neben das Skelett ihres Gemahls, legten Schmalz, Käse und Brot als Beigaben hinein und verschlossen das Gefäß wieder mit einem Deckel, den sie mit Lehm versiegelten, während die Klageweiber sich singend und jammernd die Haare rauften, sich das Gesicht zerkratzten und die Opferschalen zertrümmerten. Dann wurde das Grab zugeschüttet und man überließ es den Dienern, die aufgebrochene Stelle im Versammlungssaal erneut zu verputzen.

Das an die Bestattung im Palast anschließende Bankett war so üppig, der Bratenduft, der sich über die Stadt ausbreitete so durchdringend, dass die Bewohner von Wilusipami ihre hungergenährte Wut dieses Mal nicht zu zügeln vermochten. Die Mutigsten, die an das Palasttor gezogen waren und es wagten, daran zu rütteln, wurden von den Wachen blutig zurückgetrieben. Aber mehr Fäuste waren an diesem Tag in den Straßen der Stadt zu sehen als Hellebarden und nur mit Mühe und unter Einsatz von Gewalt gelang es der Wache, die Vorratsspeicher in der Unterstadt zu verteidigen. Mindestens vier Wächter verloren an diesem Tag ihr Leben und mindestens zehnmal so viele Handwerker.

12

„Wir bekommen schon wieder weniger Mehl? Und wir sollen es selber hierher tragen? Ohne Maultiere, den ganzen Weg aus Iltir? Das ist nicht euer Ernst!"

Es war inzwischen wieder Frühling geworden und die Bauern hatten zum ersten Mal die Gerste ihrer neuen Felder geerntet. Die Neuankömmlinge hatten sich in der Zwischenzeit in der Dorfgemeinschaft eingelebt, ihre eigenen Felder angelegt und waren froh, eine neue Heimat fernab der nächsten Garnison gefunden zu haben.

„Ach, lass sie doch, die machen ja eh', was sie wollen!" Die junge Frau, die gesprochen hatte, machte eine wegwerfende Handbewegung in Richtung der Soldaten, drehte sich um und ging in ihre Hütte. Währenddessen spielte eine Gruppe von Kindern in unmittelbarer Nähe ungerührt weiter mit Baumzapfen.

Die Wächter, die die neuen Anweisungen ins Dorf gebracht hatten, sahen sich verdutzt an. Sie waren Gehorsam gewohnt, Furcht und Unterwürfigkeit. Davon war hier in der Kolonie in jüngster Zeit nicht mehr viel zu spüren. Sie hatten zwar Maultiere mitgebracht, allerdings unbeladene, die nur dazu gedacht waren, die Ernte des Dorfes in die Stadt zu transportieren.

„Das ist alles?", fragten denn auch wiederum die Wächter, als die Dorfbewohner ihnen ihre Ernte brachten.

„Das ist alles", entgegnete Tumaran. Er war zu einer Art Sprecher geworden, wenn es darum ging, mit der Miliz zu kommunizieren. Er behielt am ehesten einen kühlen Kopf. „Wie sollen wir denn bei dem Wetter mehr produzieren?"

„Durchsuchen!", befahl der Anführer der Truppe seinen Soldaten. Diese saßen von ihren Reittieren ab und machten sich daran, die Hütten zu betreten. Die meisten ihrer Bewohner standen mit gekreuzten Armen in den Türöffnungen und ließen die Wächter beim Anblick ihrer scharfen Waffen nur widerwillig eintreten. Seit die Bauern ihren eigenen kleinen, verborgenen Wachposten an der Straße eingerichtet hatten, der das Dorf frühzeitig vor der Ankunft der Miliz warnen konnte, hatten sie ausreichend Zeit, alle ihre verbotenen Vorräte und Gegenstände in geheimen Verstecken in Sicherheit zu bringen. Denn Verbotenes horteten sie mittlerweile so einiges: Neben Säcken voller zurückgehaltener Gerste und Linsen waren es die Felle und das getrocknete Fleisch illegal erlegter Wildschweine, Rehe und Hirsche, Mühlsteine zum selber Mahlen von Mehl und sogar ein paar Dolche aus Metall. Und so fanden die Soldaten in den Hütten nichts als die spärlichen Überreste der letzten mit Asche und Erde verunreinigten Mehllieferung, Eicheln, ein paar Pilze, Nüsse, Bucheckern und getrocknete Kräuter. Widerwillig sahen sie sich im Dorf nach möglichen Verstecken um, unterließen es jedoch, in kleinen Gruppen in den Wald vorzudringen. Zu aufmüpfig waren ihnen diese Bauern in letzter Zeit geworden. Also akzeptierten sie notgedrungen die ihnen gebrachten Tribute.

„Und, was ist jetzt? Kommt ihr euer Mehl holen oder nicht?", fragte einer der Wächter.

„Wir könnten den Wagen nehmen", schlug einer der jungen Männer vor, die bis zu diesem Zeitpunkt vollauf damit beschäftigt waren, die Wächter böse anzustarren.

„Ihr könnt was nehmen?", fragten diese zurück.

„Den Handwagen. Mit zwei Achsen und vier Rädern. Man kann ihn von Hand ziehen. Wir haben ihn aus den gefällten Eichen gebaut."

„Was habt ihr gemacht? Ihr seid Bauern, keine Handwerker! Und da fragen wir uns, warum eure Felder keine Erträge bringen. Kein Wunder, wenn ihr eure Zeit mit so etwas verbringt."

„Im Gegenteil." Jetzt mischte sich auch Lortikis ein. „Wir brauchen jetzt viel weniger Zeit, um die Ernte von den Feldern ins Dorf zu bringen als früher, als wir die Säcke einzeln getragen haben. Mit dem Wagen werden jetzt auch vier Personen ausreichen, um das Mehl aus Iltir zu holen."

Die Wächter zuckten mit den Schultern. „Na gut, aber wir reiten voraus und warten nicht auf euch."

„Kein Problem, lasst uns nur machen, wir kommen dann nach."

„Denkt daran: In drei Monaten kommen wir spätestens wieder – und wehe euch, wenn wir keine ausreichende Linsenernte vorfinden!“

„Ich komme mit!“, verkündete Iltirbas, als die Wächter außer Hörweite waren.

„Hältst du das für eine gute Idee?“, fragte Inteber zurück.

„Ich muss meine Familie wiedersehen, ihnen sagen, dass es mir gut geht. Ich bin mir sicher, dass die Miliz ihnen irgendeine Geschichte aufgetischt oder einfach gar nichts gesagt hat.“

„Und wenn die Wachen dich erkennen?“

„Sie glauben ich sei tot. Niemand erwartet mich in Bauernkleidung und mit den langen Haaren. Sie werden mich nicht erkennen, weil sie mich nicht erkennen wollen.“

„Ich kann sein Anliegen gut verstehen“, unterstützte ihn Konatin, der sich ebenfalls freiwillig für die anstrengende Reise gemeldet hatte. „Es geht schließlich um seine Familie.“

Zwei weitere junge Männer, die die Neugier in die Stadt trieb, waren schnell gefunden. Einer von ihnen war Taseter, bei dem vierten handelte es sich um Sorbos, den Jungen, der zusammen mit Tumaran und den anderen Männern fünf Tage hungernd am Pranger in der Stadt zugebracht hatte. Jetzt wollte er die Stadt von einer anderen Seite kennenlernen. Also nahmen sie den Karren zwischen sich und zogen los in Richtung Iltir.

„Das ist sie, ich bin mir sicher." Der Wächter, der diesen Satz sprach, stand mit zwei seiner Kameraden in den Straßen von Wilusipami, auf etwa halber Höhe zur Oberstadt, im Töpferviertel. Er war erst vor wenigen Tagen aus einer der Kolonien zurückgekehrt, wo er im vergangenen Jahr seinen Dienst getan hatte, nicht zuletzt auch als Strafe dafür, dass er während des Wachdienstes geschlafen hatte. Jetzt versuchte er, seine Verfehlungen wieder wett zu machen.

Die Kameraden sahen seinem ausgestreckten Finger folgend auf die Frau mittleren Alters, die gerade mit einem Wasserkrug aus der Gasse auf die Hauptstraße getreten war. „Kannst du sie denn nach so langer Zeit noch wiedererkennen?"

„Das kann ich. Sie hatte zwar ein Tuch tief ins Gesicht gezogen, aber es ist ihr heruntergerutscht und ich konnte ihr Gesicht sehen. Mit dem Feuermal im Gesicht ist sie ja nicht zu verwechseln. Ich kann mich sogar an ihren Namen erinnern, denn sie hat ihn den Gefangenen genannt und ich habe in jener Nacht gelauscht."

„Ich dachte, du hast mal wieder im Dienst geschlafen?"

„Ich habe nur so getan."

„Im Ernst?"

„Dieses Mal zumindest."

„Und, wie lautet nun ihr Name?"

„Niosena."

Sie sah den auf sie weisenden Finger, sah, wie sich die Blicke der drei Wächter auf sie richteten. Sie hatte den Eindruck, dass einer der Wächter mit seinen Lippen ihren Namen geformt hatte. Niosena ließ den gerade aufgefüllten Wasserkrug fallen und lief los, in die entgegengesetzte Richtung, nur fort. Sie bog um die Ecken der kleinen Gassen ihres Viertels, doch noch immer konnte sie Rufe hinter sich hören.

„Bleib stehen! Das ist ein Befehl!"

„Hinterher!"

„Lasst sie nicht entkommen!"

Niosena rannte weiter, immer hügelabwärts, in Richtung des Stadttors. Nur nicht die Hauptstraße nehmen, dort hatte sie keine Chance; sie musste immer in den kleinen Gassen bleiben! Was um alles in der Welt war eigentlich geschehen? Warum wurde sie verfolgt? Hatte sie eine unbedachte Äußerung gemacht? Doch vor wem, wer hatte sie verraten? Nicht ihr Schwager oder ihre Schwägerin, niemals! Sie vertraute ihnen völlig. Ansonsten war sie immer vorsichtig gewesen, oder? Was konnte der Grund sein? Doch nicht etwa wegen des bisschen Brotes, das sie damals heimlich den Gefangenen gebracht hatte? Wahrscheinlich... Das galt neuerdings als Hochverrat, oder?

Sie rempelte einen Müller, der einen Sack Mehl trug, an, rannte beinahe ein paar Kinder auf der Straße um und wäre fast über einen Hund gestolpert, als sie um eine weitere Ecke bog und mit einem Mal die Hauptstraße und das Stadttor vor sich sah. Schnell zog sie sich wieder in den Schatten der Gasse zurück und dachte nach.

Jetzt, wo sie vor den Wachen geflohen war, musste sie weg von hier, ganz gleich, aus welchem Grund sie sie gesucht hatten. Allein schon durch ihre Flucht hatte sie sich verdächtig gemacht. Aber laufend würde sie nicht aus dem Stadttor kommen, so viel war klar. Sie musste gefasst wirken, auf einer Mission, brauchte einen Grund, falls sie gefragt wurde, was sie außerhalb der Stadt vorhatte. Sie konnte sagen, dass sie einen Auftrag für Vorratsgefäße von der Garnison entgegennehmen sollte. Ja, das klang gut. Los jetzt!

Niosena ordnete ihren Zopf, strich ihre Tunika glatt und holte noch einmal tief Luft, bevor sie in die Hauptstraße einbog und gemessenen Schrittes auf das Stadttor zuging. Die beiden Wachhabenden dort sahen sie zwar aufmerksam an, ließen sie jedoch fraglos passieren. Sobald sie sich etwas entfernt hatte, beschleunigten sich ihre Schritte. Was sollte sie nun tun? Von einem Augenblick auf den anderen war sie von einer geachteten Handwerkerin zu einer Geflüchteten geworden.

Sie ging in Gedanken versunken die Straße entlang in Richtung der Garnison, deren Mauern auf dem Hügel von hier aus gut sichtbar waren. Sie wusste nicht wirklich, wohin sie sich wenden sollte. Gut, sie war eine geschickte Töpferin, aber die wurden in der Stadt gebraucht, nicht auf dem Lande. Sie würde sich eine andere Stadt suchen müssen. Sie hatte von ihnen gehört, von den anderen Städten, in denen man so lebte wie sie selber und die ihren eigenen Herrscher hatten. Nur, wo waren diese Städte und wie weit waren sie entfernt? Sie hatte nichts bei sich als das, was sie am Leib trug; selbst den Wasserkrug hatte sie fallengelassen.

Vor sich hörte sie ein Donnern, erst ganz leise, dann langsam immer lauter. Nein, das war ein stetiges Geräusch, kein Donnergrollen. Und es kam nicht vom Himmel. Auf der nächsten Anhöhe sah sie dann den Handkarren, der – beladen mit Mehlsäcken – mühsam von einigen Bauern die Straße entlang gezogen wurde, fort von der Stadt. Die hölzernen Räder machten auf dem unebenen Boden einen ziemlichen Krach. Vermutlich kannten sich diese Bauern in der weiteren Umgebung besser aus als sie selber es tat. Mit ihrem Karren kamen sie nur langsam voran, wirkten aber dennoch fröhlich. Sie holte das rumpelnde Gefährt rasch ein.

„Guten Morgen!", grüßte sie die Gruppe, während sie sie musterte. Es waren vier junge Männer, einige noch fast Kinder, und eine Frau ungefähr in ihrem Alter. Überrascht stellte sie fest, dass diese, ebenso wie sie selber, die helle Kleidung trug, die sie als Mitglied der Handwerkerklasse auszeichnete.

„Guten Morgen!", grüßten die Reisenden zurück.

„Wo soll es denn bei euch hingehen?", fragte sie.

Die Angesprochenen blickten etwas argwöhnisch, antworteten aber dann: „Na, in unser Dorf."

„Und wo liegt das?"

„Einen guten Tagesmarsch im Westen, wenn du gut zu Fuß bist, da, wo der Wald beginnt. Obwohl, mit dem vollen Karren hier mindestens zwei volle Tagesmärsche."

„Gibt es bei euch in der Gegend vielleicht eine Stadt?"

Die Jungen lachten. „Nein, dem Himmel sei Dank!"

„Ihr mögt die Stadt nicht?", fragte sie.

Die andere Frau, die bis jetzt geschwiegen hatte, machte den Jungen ein Zeichen, ruhig zu sein, doch der Jüngste von ihnen schlug sich bereits mit der Faust auf den Oberschenkel, während er antwortete: „Zu viele Wächter. Wir mögen die Miliz nicht."

Das war gut. Erleichtert sagte Niosena: „Das trifft sich ganz ausgezeichnet. Ich bin nämlich auf der Flucht vor der Wache."

„Du? Warum das denn? Verfolgen die jetzt auch euch Städter?"

Sie wusste erst nicht recht, wie sie antworten sollte. So direkt hatte sie sich die Frage noch gar nicht gestellt. Dann sagte sie schlicht: „Ja, ich denke schon."

„Und warum?" hakte Sorbos nach.

„Ich bin mir nicht sicher. Vielleicht habe ich zu offen meine Meinung gesagt. Das wird nicht gerne gesehen. Ich glaube aber, es hängt mit einer alten Geschichte vom letzten Jahr zusammen. Aber das ist jetzt auch egal." Sie hatte Vertrauen zu der Gruppe gefasst – was hätte sie sonst auch tun sollen – und wandte sich jetzt an die gleichaltrige Frau. „Und du? Du siehst nicht aus, als würdest du aus einem Dorf stammen."

„Ich gehe mit meinem Sohn", sagte sie knapp und machte eine Kopfbewegung in Richtung eines der Jungen. „Ich habe ihn zu lange nicht gesehen, um ihn gleich wieder zu verlieren."

„Und, was hat er verbrochen?"

„Nichts!", antwortete Iltirbas' Mutter etwas einge-schnappt. „*Er* wurde verraten, nicht umgekehrt."

„Die Soldaten haben mich erst rekrutiert und dann krank im Wald liegen lassen", erklärte Iltirbas. „Meine Freunde hier haben mich gerettet. Und jetzt bin ich einer von ihnen." Er klopfte Taseter neben ihm kumpelhaft auf den Rücken.

„Ihr seid aus einer Wächterfamilie?", fragte Niosena. „Aber nein", korrigierte sie sich selber, „du trägst weiß und nicht gelb." Iltirbas dagegen war wir ein Bauer gek-leidet, mit Ausnahme der Sandalen, denn an das Laufen mit nackten Füßen wie die Bauern war er nicht gewohnt.

„Mein Vater und mein älterer Bruder sind Waffen-schmiede.", erklärte Iltirbas stolz.

„Sehr erfreut, ich heiße Niosena und bin Töpferin. Also ich war... – nein, ich bin immer noch eine Töpferin. Und ihr?"

Sie stellten sich einander vor: Iltirbas und dessen Mut-ter Birike, Konatin, Taseter, und das Milchgesicht hieß Sorbos. Letzterer sah sie nachdenklich an.

„Niosena? Ich glaube, ich habe den Namen schon mal gehört."

„Meinst du? Ich kenne niemanden außer mir, der so heißt. Darf ich mit euch kommen? Zumindest für's Erste, bis ich weiß, wohin ich gehen kann?"

Die Jungen sahen sich an und zuckten mit den Schul-tern.

„Warum nicht?", sagte Birike, der die Idee gefiel.

„Nur wenn du uns verrätst, warum du vor den Wächtern weglaufen musstest", befand Konatin. Die anderen nickten.

„Ach, ich habe letztes Jahr ein paar Leuten am Pranger nachts heimlich Brot und Wasser gebracht; das ist alles. Es ist strengstens verboten und ich glaube, dass mich einer der Wächter jetzt wiedererkannt hat."

„Das warst du!", rief Sorbos überrascht.

„Was soll das heißen: ‚Das warst du'?"

„Na, die mit dem Brot und Wasser. Ich war in dem Käfig, weißt du?"

„Ist das wahr?"

„Natürlich. Vielen Dank übrigens! Und ja, du bist bei uns im Dorf herzlich willkommen."

13

Die Reise mit dem von Mehlsäcken schweren Handkarren dauerte zwei volle Tage, obwohl sich jetzt sechs Leute mit dem Ziehen abwechseln konnten. Niosena wurde, wie zu erwarten, begeistert aufgenommen, nachdem die aus der Stadt Zurückgekehrten sie vorgestellt hatten, und auch Iltirbas' Mutter Birike bereiteten sie einen warmen Empfang. Über die magere Mehlration schüttelten alle nur die Köpfe, denn obwohl der Wagen fast voll beladen war, war es viel zu wenig, galt die Ration doch dem gesamten Dorf.

„Dem Himmel sei Dank, dass wir unser Leben jetzt endlich selber in die Hand genommen haben", erklärten die einen.

„Kommt, wir gehen jagen und Pilze sammeln", sagten die anderen.

Tumaran aber raunte seiner Frau zu: „Das bisschen Mehl war die Reise nicht wert. Das nächste Mal behalten wir unsere Ernte einfach ein."

Lortikis hob die Augenbrauen. „Ach, plötzlich?", sagte sie spöttisch. „Das habe ich schon beim letzten Mal vorgeschlagen."

„Das war auch nie mein Problem. Was ich vermeiden will, ist Gewalt. Oder hast du vergessen, wie es meinem Bruder ergangen ist?"

„Ich habe deinen Bruder bestimmt nicht vergessen, das weißt du. Aber die Wächter werden uns nie in Frieden lassen, wenn wir nicht gehorchen, vergiss das nicht!"

„Und was schlägst du stattdessen vor?", fragte Tumaran seine Frau.

„Dem endlich ein Ende zu bereiten! Genug zu essen zu haben! Frei zu sein!"

„Das sind schöne Sprüche, ja. Sie klingen gut. Aber mehr auch nicht. Wer sind wir schon, dass wir die Ordnung der Welt, ja die Ordnung der Götter verändern könnten?"

„Die Ordnung der Götter? Wenige bestimmen über alle anderen? Wenn unsere Kinder sterben, soll das also der Wille der Götter sein? Glaubst du das immer noch?" Lortikis Stimme war jetzt laut geworden.

„Ehrlich gesagt, nicht wirklich, nein. Aber wen interessiert es schon, was wir glauben?"

„Genau das meine ich ja; es macht keinen Unterschied!"

Tumaran schlug einen versöhnlichen Ton an: „Ich stimme dir ja grundsätzlich zu. Aber ich will doch nur nicht, dass unsere Familie und all unsere Freunde wie mein Bruder niedergemetzelt werden."

„Wer will das schon? Trotzdem können wir nicht einfach untätig bleiben, oder?"

„Ich weiß nicht. Im Ernst, was willst du tun?"

„Wie wäre es, wenn wir das alle gemeinsam besprechen?"

So geschah es. Am Abend versammelte sich das ganze Dorf um ein großes Feuer. Alle mussten sie von ihren Erlebnissen erzählen. Niosena erzählte vom Leben in der Stadt; davon, wie der Alltag auch für die einfachen Handwerker immer härter wurde. „Der neue König überlässt dem obersten General viel zu viel Macht", erklärte sie. „Eben demselben, der damals meinen Mann getötet hat", fügte sie nach kurzem Zögern bitter hinzu. Auch diese Episode aus ihrem Leben musste sie selbstverständlich erzählen. Schließlich berichtete sie von ihrer Entdeckung und anschließenden Flucht.

„Und ich dachte immer, die Handwerker in der Stadt hätten ein einfaches Leben", murmelte jemand.

„Das war einmal. Seit der Adel und die Generäle immer mehr wollen, immer mehr Privilegien, immer mehr Macht und deshalb immer weiter gehen, mehr und mehr Wald roden lassen, geht es uns allen schlechter. Irgendwann kann es einfach kein ‚mehr' für alle geben. Es gibt genug für alle, aber nicht für die Gier."

„Gut gesagt." Die Bauern nickten.

Von Birike hörten sie – immer wieder unterbrochen von Iltirbas' Anmerkungen – von der lukrativen Arbeit eines Waffenschmieds und dessen privilegiertem Leben, denn die Nachfrage von Seiten der Wache und des Palastes an Dolchen, Schwertern und Hellebarden war in den letzten Jahren noch gestiegen. „Dann brauchten sie irgendwann nicht nur mehr Waffen, sondern auch mehr Männer, die sie tragen, also haben sie unsere Söhne mit leeren Versprechungen gelockt. Und dann", sie sah zu ihrem Sohn hinüber, „wenn sie sie nicht mehr brauchen können, lassen sie sie zum Sterben im Wald zurück."

Iltirbas drückte die Hand seiner Mutter. „Ich lebe ja noch, alles ist gut."

„Was ich nicht verstehe", meldete sich jetzt Animkei zu Wort und sah dabei Birike an. „Was machst du hier? Willst du hier bei uns bleiben oder möchtest du zurück in die Stadt?"

„Ich möchte einfach sehen, wie es meinem jüngsten Sohn geht. Natürlich möchte ich anschließend wieder zu meinem Mann und meinen Ältesten zurück."

„Und wenn wir dich nicht lassen?", fragte Animkei herausfordernd.

„Was soll das heißen?", fuhr Iltirbas auf. Er war aufgesprungen und funkelte Animkei nun herausfordernd an.

„Nur, dass wir es nicht gebrauchen können, dass jemand in der Stadt über uns plaudert."

„Warum sollte ich das tun?", fragte Birike. „Mein Sohn ist schließlich einer von euch."

„Also ich bleibe hier", bestätigte Iltirbas seine Mutter.

„Mir genügt das als Sicherheit", stimmte auch Lortikis zu.

„Was, wenn auch Vater und meine Geschwister hierher kämen?", wandte Iltirbas sich an seine Mutter.

„Hierher?", fragte diese überrascht zurück. „Was sollten sie denn hier? Dein Vater und dein Bruder sind Schmiede und deine Schwester wird bald ihre eigene Familie gründen."

„Na und? Sie können sich ja auch hier eine Schmiede aufbauen. Wer sagt denn, dass Bauern auch in Zukunft kein Metall besitzen dürfen. Hier arbeiten wir für uns selber, nicht für andere. Hier sind wir frei!"

Zustimmendes Murmeln machte sich breit.

„Er hat recht!", rief Animkei. „Wir sind frei!"

„Ich weiß nicht, das ist alles neu", entgegnete Tumaran zögernd. „Wir fühlen uns vielleicht frei, aber in den Augen der Wächter sind wir das nicht. Es könnte gefährlich werden. Was werden die wohl mit uns machen, wenn sie eine Schmiede vorfinden?"

„Gar nichts werden sie machen", entgegnete Animkei. „Weil sie sich nicht trauen werden. Wir sind in der Überzahl."

„Zu Anfang vielleicht. Und dann? Dann senden sie mehr Soldaten, wie beim letzten Mal. Oder weißt du nicht mehr, wie mein Bruder gestorben ist?"

„Ob ich das noch weiß? Ich war zusammen mit seiner Frau bei seinen Leuten, als sie uns niedergemetzelt haben, falls du das vergessen hast!" Animkei sah zu Inteber hinüber, die unentschieden wirkte und den Blick auf die

Flammen gerichtet hielt. „Ich sage, dass wir unser Schicksal selber in die Hand nehmen müssen. Wir verweigern den Tribut!"

Viele Köpfe nickten zustimmend, andere machten nachdenkliche Gesichter.

Tumaran sprach erneut: „Und ich sage, dass das zu gefährlich ist. Den Kampf können wir nur verlieren."

„Uns wird nichts anderes übrig bleiben, als ihn zu gewinnen", sagte Animkei entschieden.

„Ein gewagtes Spiel!"

Lortikis stand auf. „Dann lasst uns abstimmen! Wer ist dafür, dass wir alles beim Alten bleiben lassen, den Wald roden, Gerste und Linsen für die Stadt anbauen und im Gegenzug ein bisschen Mehl zurückerhalten?"

Zwei, drei Hände hoben sich zaghaft.

„Und wer ist dafür, dass wir für uns selber sorgen, uns umeinander kümmern, unsere eigenen Werkzeuge, Kleider, Töpfe, kurz: alles was wir brauchen, herstellen und Iltir Iltir sein lassen?"

Die meisten Hände hoben sich.

„Wenn man es so formuliert...", sagte Tumaran. „Aber ich wiederhole diese Frage: Was ist mit den Soldaten?"

„Die Wache ist weit weg", sagte Animkei. „Es wird anders sein als beim letzten Mal. Mit den Neuankömmlingen sind wir mehr. Wir haben den Wald, in dem wir uns notfalls verstecken können. Und wir werden uns verteidigen. Nicht wahr, Iltirbas?"

Der Junge nickte heftig, ebenso seine Freunde.

„Ich könnte einen Brennofen bauen", brachte sich Niosena jetzt wieder ein. „Dann könnte ich Kochgeschirr, Krüge, Vorratsgefäße, und was ihr sonst noch so braucht herstellen. Bestimmt finde ich irgendwo in der Gegend Tonerde; man muss nur lange genug suchen."

„Eine hervorragende Idee!"

„Wir könnten auch einen Backofen bauen, so einen großen, für alle, in dem das ganze Dorf Brot backen und Fleisch rösten kann."

„Warum nicht?"

„Könnt ihr denn eine Schmiede errichten?", fragte Animkei an Birike und Iltirbas gewandt.

Birike schüttelte den Kopf. „Nein, auf gar keinen Fall. Wir haben keine Werkzeuge und auch keine Bronzebarren, noch nicht einmal Erz. Selbst wenn wir Kupfererz hätten, bräuchten wir immer noch Zinn. Die Bronze bringen sie von Häfen irgendwo in der Küstengegend, wo sie mit Schiffen hingebracht wird. Der Palast teilt den Schmieden das Metall zu."

„Und was ist, wenn wir unsere ganze Familie nachholen?", fragte Iltirbas. „Sie könnten alles, was wir brauchen, mitbringen. Wir haben doch noch Bronzebarren für ein Jahr, oder?"

„Und den Wachen am Tor willst du was genau als Begründung angeben? Außerdem weißt du doch gar nicht, ob dein Vater überhaupt hierher kommen möchte. Er hat so auf den Aufstieg in der Gesellschaft gehofft; sich für dich gefreut. Er meinte, du könntest mindestens den Status eines Silberschmieds, wenn nicht sogar den eines echten Kriegers erlangen."

„Ja, aber das ist gründlich schief gegangen, oder?"

Birike schwieg.

„Wir sollten sie zumindest fragen."

Jetzt meldete sich Niosena wieder zu Wort: „Ich möchte auch meinen Schwager, den Bruder meines verstorbenen Mannes, und dessen Frau einladen, wenn ich darf. Sie sind auch Töpfer, wie ich, und sind mit dem Leben in der Stadt zunehmend unzufrieden."

„Möchtest du damit sagen, dass einer von uns in die Stadt gehen soll, um sie zu fragen?"

„Ja, genau."

„Und wer?"

„Ich weiß nicht. Ich selber werde dort von der Wache gesucht."

„Ich gehe!"

„Ich auch!"

„Ich kann auch gehen." Mehrere junge Leute, Frauen wie Männer hatten sich spontan gemeldet.

„Können wir das morgen besprechen? Ich würde vorschlagen, dass wir alle erstmal eine Nacht darüber schlafen", sagte Lortikis. „Hat sonst noch jemand ein Anliegen?"

„Ich." Einer der älteren Bauern, knorrig, arbeitsam und in der Regel auch schweigsam hob die schwielige Hand. „Wenn wir ab jetzt für uns selber sorgen, habe ich einen Vorschlag zu machen. Es ist nämlich so: Je mehr Wald wir roden, um weitere Felder anzulegen, desto rarer wird das Wild und desto länger müssen wir laufen, um Eicheln, Nüsse und Pilze zu sammeln. Ich schlage vor, dass wir mit dem Roden aufhören und uns lieber gut um die Felder kümmern, die wir schon haben. Niemand möchte am Ende wieder nichts als Gerstenbrei essen müssen, habe ich Recht?"

„Hört, hört!"

„Wird die Nahrung dann für uns reichen?"

„Wir können es ausprobieren."

„Einen Versuch ist es Wert. Wir können immer noch wieder mit dem Roden anfangen, aber was einmal fort ist, kommt so schnell nicht wieder."

Lortikis stand erneut auf: „Wer ist dafür, dass wir das Roden des Waldes unterbrechen?"

Ein Wald aus Händen erhob sich.

„Dann ist der Vorschlag angenommen. Noch jemand?"

Animkei erhob sich. „Was ist mit Waffen? Wenn wir uns weigern, den Wald zu roden und Tribut zu zahlen, wird man uns angreifen. Wir müssen uns verteidigen."

„Wir können uns verstecken und wir haben unsere Werkzeuge."

„Holz und Feuerstein gegen Metall?"

„Warum denn nicht? Wir sind im Vorteil, kennen uns im Wald besser aus. Das wichtigste ist, dass wir früh genug gewarnt werden, wenn die Wache anrückt."

„Wir sollten den versteckten Posten an der Straße ausbauen und ein Warnsystem einrichten."

„Das kann ich organisieren", meldete sich Iltirbas. „Wenn alle einverstanden sind, meine ich."

Zustimmendes Raunen. Nur Tumaran schüttelte langsam den Kopf.

„Konatin hat sich neulich zur Jagd einen Bogen gebaut. Könnte er noch mehr davon machen?"

„Klar", sagte dieser, „aber das benötigt Zeit. Und Pfeile brauchen wir auch. Und für die Pfeilspitzen wiederum brauchen wir Flint. Es ist kaum noch welcher übrig."

„Er hat Recht!", meldete sich ein anderer Bauer. „Meine Sichel ist schon ganz stumpf und die Steinklingen sind schon so klein, dass nichts mehr von ihnen übrig sein wird, wenn ich sie nochmals schärfe."

„Wir müssten eine Gruppe aussenden, die sich auf die Suche nach Flint macht."

Wiederum ertönte zustimmendes Gemurmel.

All dies und weitere Details wurden an jenem schicksalhaften Abend von der Dorfgemeinschaft beschlossen. In den folgenden Tagen wurden Expeditionen ausgesandt, die in der weiteren Umgebung nach Tonerde und Flint suchten, und ein unschuldig aussehendes junges Geschwisterpaar, Bruder und Schwester, brach nach Iltir auf, um sich bei Iltirbas' und Niosenas Angehörigen zu erkundigen, ob sie bereit wären, ihnen in die Waldsiedlung zu folgen. Iltirbas organisierte derweil zusammen mit seinen Freunden ein Frühwarnsystem entlang des Weges in Richtung Stadt, um frühzeitig die Ankunft der Miliz zu melden, während Konatin sich daran machte, passendes Holz für den Bau von weiteren Jagdbögen zu finden und die Sehnen von Jagdwild zu diesem Zweck vorzubereiten.

14

Die Dorfbewohner warteten mit Spannung auf die Rückkehr der Entsandten. In der Zwischenzeit machte Birike sich im Dorf nützlich, indem sie einige ihrer Kochrezepte zum Besten gab. Als Angehörige einer privilegierten Klasse hatte sie schon immer eine größere Bandbreite an Lebensmitteln zur Verfügung gehabt, mit denen sie Abwechslung in den Speiseplan hatte bringen können, und hatte diese gut genutzt. Und nicht zuletzt war sie eine gute Bierbrauerin und konnte selbst Inteber auf dem Gebiet noch ein paar Kniffe beibringen. Letztere unterwies Birike im Gegenzug im Sammeln von wilden Kräutern im Wald, die der Städterin nicht bekannt waren.

Als Erste kehrte Niosena von ihren Erkundungen zurück. Sie hatte keine drei Marschstunden entfernt eine Stelle mit hervorragender feiner Tonerde gefunden. Jetzt brauchte sie Hilfe, um so viel wie möglich davon ins Dorf zu schaffen.

Nach sieben Tagen kam die Flint-Expedition in gedrückter Stimmung zurück ins Dorf und erklärte, dass sie bisher erfolglos geblieben war, in ein paar Tagen aber erneut aufbrechen würde. Die Städter wüssten doch bestimmt, woher der Feuerstein käme; von ihnen habe man den Stein schließlich all die Jahre bekommen. Aber Birike konnte nur unwissend mit den Schultern zucken: „Ich habe ehrlich gesagt keine Ahnung. Den Handel mit Flint organisieren die Palastverwalter, genau wie für Bronze und Silber."

Als nach zehn Tagen die beiden Geschwister immer noch nicht aus der Stadt zurückgekehrt waren, begann ihre Familie ihrer Sorge Ausdruck zu verleihen. Am siebzehnten Tag nach ihrem Aufbruch dann kam einer der Späher des Außenpostens aufgeregt ins Dorf gelaufen. Er war völlig außer Atem. „Sie kommen, sie kommen!", rief er aufgeregt.

„Die Wachen?"

„Nein, Leute aus der Stadt. Handwerker sind es, in hellen Tuniken, mit einer ganzen Reihe von beladenen Mauleseln."

Die Dorfbewohner warteten gespannt. Und in der Tat: Neben den beiden Jugendlichen aus dem Dorf waren tatsächlich Iltirbas' Vater und Bruder sowie Niosenas Schwägerin und Schwager mit ihren beiden Kindern gekommen. Außerdem hatten sie noch ihre Nachbarn mitgebracht. Auch sie hatten wie die anderen Handwerker ihr gesamtes Werkzeug in Körben auf die schwer bepackten Maulesel geladen. Die Neuankömmlinge umarmten ihre Angehörigen und die Geschwister ihre erleichterte Familie.

„Dir ist wahrscheinlich klar, dass du von der Wache gesucht wirst", stellte Niosenas Schwager nach der Begrüßung fest. Er zeigte auf die dunkelroten Striemen, die seine Oberarme bedeckten. „Sie haben die ganze Nachbarschaft nach dir abgesucht und sie gehen bei ihrer Suche nicht gerade zimperlich vor. Meine halbe Werkstatt haben sie verwüstet, deine übrigens auch, Niosena. Da haben wir uns gedacht, dass wir ebenfalls besser das Weite suchen. Und nach all den fantastischen Geschichten, die uns die beiden jungen Leute hier erzählt haben … Jedenfalls: hier sind wir!"

„Das ist wunderbar! Aber warum hat das so lange gedauert?"

Es war Iltirbas Vater, der antwortete: „Ich sollte doch mein Werkzeug und so viel Bronze wie möglich mitbringen, oder? Das alles konnte ich schlechterdings nicht einfach so aus der Stadt tragen. Wir mussten die Sachen langsam, Stück für Stück und Korb für Korb aus dem Stadttor schmuggeln und außerhalb der Stadtmauern verstecken. Außerdem haben wir auf dem Weg hierher möglichst alle Garnisonen und Wachposten umgangen und haben uns immer wieder querfeldein durchschlagen müssen. Überdies sind die Maulesel zu schwer beladen, um große Strecken an einem Tag zurücklegen zu können."

„Und wo ist meine Schwester? Wollte sie nicht mitkommen?", fragte Iltirbas.

„Sie bleibt bei ihrem Verlobten. Einflussreiche Familie, wie du weißt; er hat versprochen, sie zu beschützen. Kein Grund, die Dinge unnötig zu verkomplizieren."

Die Handwerker richteten sich so rasch es ging in ihrem neuen Zuhause ein. Die Dorfbewohner halfen ihnen dabei. Niosena und die beiden Töpferfamilien hatten indes bereits mit ihrer Arbeit an den neuen Öfen begonnen. Iltirbas' Familie machte sich sogleich an die Konstruktion einer voll funktionsfähigen Schmiede. Animkei war von der Aussicht, Dolche, Hellebarden und Schwerter schmieden zu lassen, hoch angetan, doch Tumaran bremste sie eines Abends.

„Was hast du nur immer dagegen, dass wir uns verteidigen?" fragte sie ihn vor der versammelten Dorfgemeinschaft.

„Ich habe nichts dagegen, dass wir uns falls nötig verteidigen, aber ich habe etwas dagegen, dass wir so werden wie die Wächter. Ich will nicht zum Mörder werden und ich möchte auch keine Waffen im Haus haben. Gutes Werkzeug ist es, was ich möchte: scharfe Sicheln und Sensen, Äxte zum Holz hacken, stabile Pflüge mit harten Spitzen, gute Messer. Die haben wir wirklich dringend nötig. Auf diese Weise brauchen wir auch keinen Flint mehr. An dem es uns, wie du vielleicht bemerkt hast, im Augenblick mangelt."

Animkei war nicht einverstanden: „Und anschließend werden die Soldaten kommen und uns das Werkzeug wieder abnehmen, und unsere Köpfe nehmen sie uns noch dazu."

„Du kannst dich mit einer Sense verteidigen, aber du kannst nicht mit einem Schwert pflügen", entgegnete Tumaran.

Das Argument saß. Gemeinsam einigten sie sich darauf, dass das Hauptaugenmerk der neuen Schmiede auf gutem Werkzeug liegen sollte, ergänzt allerdings um eine ausreichende Anzahl an scharfen Pfeilspitzen, sowohl für die Jagd als auch im Falle eines gewaltsamen Angriffs.

15

„Sie kommen! Sie kommen!"

Diesmal war es wirklich die Wache. Der Sommer war mittlerweile wieder eingekehrt und die Sonne brannte heiß auf die abgeernteten Felder herab. In den von Bäumen umgebenen Hütten des Dorfes blieb es dagegen angenehm kühl. Dennoch war die Luft schwül und drückend, denn es hatte erst am Vortag unerwarteterweise noch kräftig geregnet. Die Bauern hatten die Ernte gerade noch rechtzeitig vor den erneuten Regengüssen eingeholt, denn die Linsen mussten auf den Feldern trocknen, bevor man die ganzen Büsche ausriss, sie mit Holzschlegeln drosch und dann die Spreu im Wind von den eigentlichen Linsen trennte. Wind gab es in diesem Jahr ausreichend; es stürmte geradezu.

„Der Wettergott lässt sich in jedem Jahr etwas Neues einfallen", sagten die Bauern und schüttelten dabei ihre Köpfe. Sie waren fest entschlossen, sich schlichtweg zu weigern, ihre Ernte abzugeben, wenn sie dafür so wenig Gegenleistung erhielten. Sollten die Wachen doch sehen, was sie gegen ein ganzes Dorf ausrichten konnten. Iltir war weit entfernt. Selbst Tumaran hatte sich schließlich diesen Argumenten gefügt. An wie vielen Abenden hatten sie über die Vorgehensweise diskutiert! Animkei war zur Anführerin der Fraktion, die kämpfen wollte, geworden, während Tumaran für Gewaltlosigkeit plädierte: „Was sollen die Wachen tun, wenn wir uns weigern? Sie haben kein Interesse daran, uns alle abzuschlachten!"

„Uns alle vielleicht nicht, aber doch mehr als uns lieb sein kann."

Daher hatten sie sich auf einen Mittelweg geeinigt: Sie würden es mit zivilem Ungehorsam versuchen, sich bei einem gewalttätigen Angriff aber auch verteidigen. Und so hatten sie sich, soweit es ging, auf die Ankunft der Soldaten vorbereitet. Zu diesem Zweck führten Iltirbas und Konatin je eine Gruppe junger Männer und Frauen an: Iltirbas und seine Kundschafter stellten sicher, dass der Spähposten stets besetzt war und jede Bewegung in Richtung ihres Dorfs umgehend gemeldet wurde, während Konatin mit seinen Freunden den Umgang mit Pfeil und Bogen geübt hatte. Sie waren nun rund ein Dutzend mehr oder weniger (eher letzteres) geübte Bogenschützen, die sich jederzeit auf der Waldseite des Dorfs verstecken konnten. Dafür hatten sie das Überraschungsmoment auf ihrer Seite.

Die bisherigen Wortführer der allabendlichen Diskussionen um ihre neue Lebensweise waren auch jetzt als Repräsentanten des Dorfes ausgewählt worden, um den Soldaten ihre Entscheidung, den Tribut zu verweigern, mitzuteilen. Lortikis, Tumaran und Animkei standen mehr oder weniger nervös vor der versprengten Dorfgemeinschaft in der Mitte des Platzes, auf dem sich die zentrale Feuerstelle befand. Die Soldaten kamen auf ihren kleinen Pferden angeritten, eine Karawane von Mauleseln für den Abtransport des Tributs hinter sich herführend. Es waren fast zwei Dutzend Soldaten, die nun auf dem Dorfplatz eintrafen, viel mehr als sonst üblich. Vielleicht hatten sie Verdacht geschöpft. Etwa die Hälfte von ihnen saß nun von ihren Reittieren ab und begann sich umzusehen, die andere Hälfte blieb auf den Pferden sitzen. Die etwa achtzig Dorfbewohner – Kinder nicht mitgezählt – waren zwar in der Überzahl, aber sie waren eben keine ausgebildeten Kämpfer. Die Kinder hatten sie schon vor Ankunft der Soldaten im Wald in Sicherheit gebracht. Lortikis schluckte vor Nervosität und trat dann vor, um ihre Entscheidung zu verkünden. Aber der Hauptmann der Truppe, derselbe, der sie seit ihrer Umsiedlung regelmäßig heimsuchte, hatte schon auf Tumaran gezeigt und ihn angesprochen. Offenbar sprach er lieber mit einem Mann.

„Was ist hier los? Wo sind die Linsen?", fragte der Hauptmann ohne eine Begrüßung.

„Es gibt keine Linsen in diesem Jahr", antwortete Tumaran, die Stimme etwas weniger fest, als er es beabsichtigt hatte.

„Was soll das heißen, keine Linsen?", fragte der Hauptmann mit Schärfe in der Stimme zurück.

Jetzt mischte sich Animkei ein: „Das heißt, dass wir nicht mehr mitmachen. Wir werden die Früchte unserer Arbeit nicht mehr für eine Hungerportion minderwertigen Mehls abtreten. Nie wieder werden wir unsere Kinder für euch hungern lassen!"

Ein zustimmendes Gemurmel kam von allen Richtungen.

Der Hauptmann lachte humorlos auf. „Das ist nicht euer Ernst!", sagte er dann. „Ihr wisst wohl nicht, welche Strafen auf Rebellion stehen."

„Doch, das wissen wir, und wir meinen es Ernst. Nie wieder Hunger! Freiheit oder Tod!" Animkei mochte es dramatisch. Tumaran fragte sich, ob sie es nicht besser vorsichtig angehen sollten. Obwohl, das würde wohl kaum einen Unterschied machen.

Der Hauptmann spielte derweil aufreizend mit seinem Schwert. „Und ihr Bauernflegel seid ganz sicher, dass ihr euch uns widersetzen wollt?", fragte er.

„Wir haben uns entschieden", sprach nun wieder Tumaran, diesmal mit fester Stimme.

Der Hauptmann warf seinen Männern einen vielsagenden Blick zu und ging dann ohne Vorwarnung zum Angriff über. Er hieb seinem Pferd die Fersen in die Flanken, um es anzuspornen, hob sein Schwert über den Kopf und stürzte auf Tumaran zu. Der hob, während das Schwert schon auf ihn niederfuhr, abwehrend seine Hand, aber in diesem Augenblick ertönten ein Schrei und ein Wiehern gleichzeitig und der Hauptmann wurde vom sich aufbäumenden Pferd zurückgerissen. Er klammerte sich am Zaumzeug des Tieres fest, während er versuchte, es wieder unter seine Kontrolle zu bekommen. Jetzt war auch zu sehen, was geschehen war: Tief im Oberschenkel des Generals steckte ein Pfeil. Er musste so tief eingedrungen sein, dass er auch das Pferd darunter verletzt hatte. Das Tier konnte nicht schwer getroffen sein, aber der Schreck hatte es doch aufgescheucht und es hatte sich aufgebäumt.

„Was zur Unterwelt...", presste der Hauptmann zwischen den Zähnen hervor, und winkte dann hektisch einen Untergebenen heran, ihm zu helfen, denn sein getroffenes Bein steckte am Pferd fest. Blut war auf den Saum seiner gelben Tunika gespritzt und sickerte nun sein Bein hinab auf den Boden.

„Blut", dachte Tumaran, als er den Boden zu seinen Füßen sah, „warum war auch hier alles voller Blut?" Er sah auf seine Händen hinab und erschrak. An seiner rechten Hand, die er zur Abwehr erhoben hatte, fehlte der kleine Finger. Er war glatt abgetrennt worden; der Hauptmann musste ihn doch noch erwischt haben. Blut lief aus der klaffenden Wunde und tropfte auf den Boden. Komisch, dachte Tumaran, er spürte überhaupt nichts. Doch dann setzte der Schmerz ein.

Der unerwartete Angriff der im Wald verborgenen Bogenschützen hatte ihnen nur eine winzige Verschnaufpause gebracht. Sofort griffen die übrigen Soldaten jeden an, der sich in der Nähe befand. Viele der Dorfbewohner flohen in den nahen Wald, manche wiederum nahmen den Kampf auf und zogen die Werkzeuge hervor, die sie bis jetzt versteckt gehalten hatten. Eine bronzene Sense kann es durchaus mit einer Hellebarde aufnehmen; schließlich waren die Bauern im Umgang mit ihren Geräten ebenso geübt wie die Soldaten mit ihren Waffen. Pfeile flogen durch die Luft; viele verfehlten ihr Ziel, andere hingegen nicht. Es war ein einziges Chaos. Die unbemannten Pferde scheuten und stoben in alle Richtungen auseinander und viele der Wächter versuchten, sich vor den völlig unerwarteten Pfeilen in Sicherheit zu bringen. Die frischgebackenen Bogenschützen waren noch lange nicht so treffsicher und ihre Bögen nicht so durchschlagkräftig, dass sie allzu großen Schaden hätten anrichten können, aber der psychologische Effekt war enorm.

Tumaran starrte noch immer ungläubig auf seine verletzte Hand, während seine Frau Lortikis an seiner Schulter zerrte. „Komm jetzt, wir stehen mitten auf dem Platz. Komm in Deckung!"

Einer der Soldaten, der vom Pferd abgestiegen war und jetzt zu Fuß kämpfte, lief mit erhobenem Schwert auf sie zu. Animkei zog ihrerseits den Dolch, den sie damals auf ihrer Flucht erbeutet hatte, aus den Falten ihrer Tunika und stieß damit von unten zu. Sie erwischte die Achselhöhle des Mannes, der daraufhin sofort den Schwertarm sinken und seine Waffe fallen ließ. Aber mit der anderen Hand schaffte er es noch, Animkei kräftig ins Gesicht zu schlagen, bevor auch sie zusammen mit den anderen hinter die Hütten floh.

„Flieht in den Wald! In den Wald!", rief Inteber, und der Ruf wurde sogleich von den anderen aufgenommen: „In den Wald!"

Wer noch nicht in den Schutz der Bäume geflohen war, tat es nun. Ein paar der Soldaten machten zunächst Anstalten, ihnen zu folgen, gaben dann aber auf und begaben sich zurück zu ihren Kameraden, von denen einige leichte bis mittelschwere Verletzungen davongetragen hatten. Zwei der ihren lagen jedoch tot am Boden, von Pfeilen getroffen. Dafür hatten die Soldaten einen Gefangenen gemacht.

„Wen haben wir denn da?", fragte einer von ihnen, während er Iltirbas Kopf an den Haaren packte und nach hinten riss, um ihm ins Gesicht zu sehen. Seine Hände waren mit einem groben Seil hinter dem Rücken gefesselt und er kniete auf dem Boden.

„Dich kenne ich doch. Dann hast du also überlebt, soso. Und bist einfach übergelaufen? Verräter!" Er spuckte ihm ins Gesicht.

„Er ist es", bestätigten seine Kameraden. „Iltirbas, Sohn eines Schmieds. Ein verdammter Handwerkerjunge, der desertiert ist. Wir bringen ihn zurück nach Wilusipami, damit er seine gerechte Strafe erhält."

„Ihr habt mich im Wald zum Sterben liegen lassen. Was hätte ich denn tun sollen?"

„Sterben zum Beispiel. Oder zu uns zurückkehren. Du kennst die Strafe für Deserteure?"

Iltirbas sah seine ehemaligen Kameraden stoisch an.

„Tod durch Erdrosseln, weißt du?", fuhr der Soldat fort und wandte sich dann ab.

„Verdammte Bauern!", knurrte der Hauptmann, während jemand seine stark blutende Beinwunde notdürftig verband. „Folgt ihnen in den Wald, worauf wartet ihr noch?"

Aber die Soldaten rührten sich nicht. „Die Bauern sind im Vorteil. Sie kennen den Wald, wir nicht. Ganz bestimmt haben sie einen Hinterhalt geplant."

Der Hauptmann, sonst kein großer Freund von Widerworten, wägte das Argument ab. Er musste sich eingestehen, dass seine Männer Recht hatten.

„Seit wann haben Bauern Pfeil und Bogen?", fragte jemand.

„Sie haben auch Werkzeug und Waffen aus Metall; habt ihr das gesehen?"

„Das ist bestimmt seine Schuld." Der Mann zeigte auf Iltirbas und spuckte erneut aus.

„Zündet alles an und dann reiten wir nach Wilusipami!", befahl der Hauptmann.

„Alles?"

„Alles, die Hütten, auch den Wald, alles! Brennt es nieder!"

Vereinzelte Männer lösten sich aus der Gruppe und begannen, die Hütten nach brennenden Scheiten aus den Kochstellen abzusuchen. Sie wurden schnell fündig und begannen, die ersten Holzhütten in Brand zu setzen. Das trockene Innere der Hütten fing leicht Feuer, aber die Außenbereiche und insbesondere der Wald waren noch feucht von den starken Regengüssen und wollten partout nicht brennen. Schließlich, als die meisten Hütten schon brannten, befahl der Hauptmann den Rückzug. Seine Männer mussten erst einmal den Großteil ihrer versprengten Pferde und Maulesel einfangen, bis sie sich auf den Rückweg machen konnten. Iltirbas wurde gefesselt auf ein Maultier gebunden und fortgebracht. Sein Vater hatte die Szene von seinem Versteck im Wald aus beobachtet.

Die Grüppchen der Dorfbewohner, die sich in den Wald geflüchtet hatten, fanden sich langsam wieder am Rand des Dorfes ein, nachdem der Rückzug der Truppen sich durch Rufe herumgesprochen hatte. Jetzt sahen sie schweigend auf die Überreste ihrer schwelenden Hütten. Vielleicht ein Viertel der Behausungen war verschont geblieben oder hatte nur leichte Schäden davongetragen. Leider war die Tenne, in der sie den Großteil ihrer Ernte aufbewahrt hatten, unter den Gebäuden, die Opfer der Flammen geworden waren, ebenso die Schmiede. Der neue Töpferofen war zerschlagen. Ein paar Leute hatten bei dem Versuch, das Feuer einzudämmen, leichte Brandverletzungen davongetragen. Immerhin hatte das feuchte Wetter ein Übergreifen der Flammen auf den Wald verhindert. Auch die Kinder waren wieder aus ihrem Versteck gekommen und standen verängstigt bei ihren Eltern.

„Alles wird gut", hörte sich Lortikis selber zu ihren Kindern sagen, ohne selber daran zu glauben, während sie ihnen über die Köpfe strich. Jetzt erst sah sie zum ersten Mal die Hand ihres Mannes richtig. „Zeig mal her!" Er hielt ihr die verletzte Hand hin.

„Immerhin ist es ein glatter Schnitt", sagte sie und ging an den Rand der Lichtung, bückte sich und pflückte einige Spitzwegerichblätter. „Halt still, lass mich das verbinden!", wies sie ihren Mann an. Mit mehreren Lagen der heilungsfördernden Blätter, fixiert mit einem Streifen Stoff, verband sie die Wunde so gut es ging. Tumaran biss die Zähne zusammen.

„Wo ist Animkei?", fragte er.

„Hier", hörten sie eine merkwürdig gedämpfte Stimme hinter sich. Als er sich umdrehte, stand sie an einen Baum gelehnt und tastete mit der einen Hand in ihrem Mund herum. Nach wenigen Sekunden hielt sie einen blutigen Zahn in der Hand. „Noch einer", sagte sie. „Das ist jetzt der dritte, den sie mir ausgeschlagen haben."

„Wenn das so weitergeht, kannst du bald nur noch Brei essen."

„Eher lasse ich mir alle Zähne ausschlagen, als wieder unfrei zu sein!", erklärte sie bestimmt.

Sie sahen sich um. Überall wurden Verletzte gepflegt; hier und da gab es ein paar Fleischwunden und Verbrennungen, aber wie durch ein Wunder schien niemand lebensbedrohlich verletzt zu sein. Iltirbas' Gefangennahme sprach sich schnell herum und rief Bestürzung hervor. Nun drang langsam das Ausmaß der Katastrophe in das

Bewusstsein der Bauern: „Wir haben wieder alles verloren!"

„Unsinn! Ein paar Häuser stehen noch. Wir fangen einfach wieder von vorne an."

„Aber unsere Vorräte für den Winter!"

„Die Wachen werden wiederkommen, diesmal mit Verstärkung," prophezeite Niosena. „Und sie werden nicht zimperlich sein. Sie werden uns alle töten."

Plötzlich drang ein markerschütternder Schrei über die Lichtung. Sie sahen sich um und entdeckten ihn. Es war Niosenas Schwager. Er kniete auf dem Boden, über eine leblose Gestalt gebeugt. „Nein!", rief er. Es war seine Frau; sie war tot. Niosena eilte zu der Stelle.

„Diese Ratten", heulte der Mann. „Sie haben sie rücklings erdolcht."

Er erhob sich langsam, das Gesicht wie versteinert. „Ich gehe zurück nach Iltir", schrie er plötzlich. „Und dann mache ich sie fertig."

„Gute Idee!", nuschelte Animkei durch ihre Zahnlücken. „Warum gehen wir nicht alle?"

16

Sie diskutierten die halbe Nacht. Zunächst allerdings waren die Dorfbewohner damit beschäftigt, die Verletzten zu versorgen, die verbleibenden Brandherde zu löschen, alles, was noch zu retten war, in die wenigen verbliebenen Hütten zu bringen und sich darin mit dem, was ihnen geblieben war, so gut wie möglich einzurichten. Immerhin war es Sommer und sie konnten die Nacht problemlos im Freien verbringen.

Der Leichnam der Töpferin wurde auf dem Handkarren, der das Feuer unbeschadet überstanden hatte, aufgebahrt. Sie würden sie morgen bestatten, gleich neben den Ruinen des Töpferofens. Niosena kümmerte sich um die beiden untröstlichen Kinder, denn ihr Schwager war im Augenblick vor Wut und Trauer unfähig, vernünftig zu handeln.

Erst als all dies getan war, konnten sie sich wieder Gedanken über ihre Zukunft machen. Sie saßen auf dem Versammlungsplatz um die dunkle Asche der Feuerstelle herum. Niemand hatte an diesem Abend Lust, ein großes Feuer zu entzünden. Sie aßen die Reste von dem, was sie an fertig Zubereitetem in den Häusern hatten finden können: hartes Brot, etwas Trockenfleisch, ein paar Früchte. Niemand hatte großen Appetit aber alle hatten eine Meinung, die sie der ganzen Gruppe mitteilen wollten:

„Ich sage, wir bauen eben alles wieder auf. Wir haben es schon einmal geschafft und werden es auch ein zweites Mal schaffen!"

„Versteht ihr denn nicht? Wir sind hier nicht sicher. Sie werden wiederkommen. Und dieses Mal werden sie viele sein!"

„Dann gehen wir eben tiefer in den Wald und verstecken uns dort!"

„Ein ganzes Dorf ist nicht schwer zu finden."

„Iltir kann uns nicht ewig weit verfolgen."

„Ich habe gehört, dass es jenseits der Wälder andere Dörfer gibt. Und andere Städte, aber mit der gleichen Sorte Soldaten. Meint ihr, die sind besser? Sie werden uns nicht lassen."

„Und was schlagt ihr vor?"

„Wir können auf gar keinen Fall hier bleiben!"

„Das Maß ist voll; wir müssen endlich aufstehen und uns wehren!"

Animkei stand auf. „Wir gehen in die Stadt und holen uns unsere Ernte zurück!", rief sie.

Viele Köpfe nickten zustimmend. Zur Faust geballte Hände schlugen demonstrativ auf Oberschenkel.

„Sie haben Iltirbas", erinnerte der Schmied die Versammelten mit seiner dröhnenden Bassstimme. „Und sie wollen ihn hinrichten. Wir gehen" – er blickte zu seiner

Frau und seinem ältesten Sohn, die bedeutungsschwer nickten – „nach Iltir, um ihn zu befreien. Sie haben ihn schon einmal beinahe getötet; jetzt soll es ihnen erst recht nicht gelingen!"

„Ich komme auf jeden Fall mit", brummte Niosenas Schwager. „Ich habe nichts mehr zu verlieren."

Konatin und die anderen jungen Leute stimmten mit ein.

„Wir? Gegen die gesamte Stadtwache? Wie soll das gehen?", fragte Tumaran und sah dabei Animkei an.

„Nicht nur wir. Alle Bauern auf unserem Weg werden uns folgen. Alle sind auf unserer Seite, nicht nur die Bauern in den Dörfern, sonder auch die Handwerker in der Stadt. Das stimmt doch, nicht wahr Niosena?"

Die Angesprochene nickte nachdenklich. „Ich denke schon."

„Gegen die ganze Bevölkerung haben die Wache und die paar Leute im Palast doch gar keine Chance!"

„Also ich sage: auf nach Iltir!"

„Auf nach Iltir!"

Hunger und Liebe sind doch die stärksten Triebkräfte menschlichen Handelns.

Die Bestattung von Niosenas Schwägerin am Waldrand war eine kurze, aber würdevolle Angelegenheit, an der sich das ganze Dorf beteiligte. Anschließend suchten die Bauern in den Trümmern ihres Dorfes nach den paar brauchbaren Gegenständen, die ihnen geblieben waren. Das, was sie tragen und unterwegs gebrauchen konnten, nahmen sie mit; der Rest wurde in Gruben im Waldboden versteckt. Ihre Werkzeuge, sowohl die neuen aus Bronze als auch die alten Flintsicheln, Mistgabeln, Sensen und was sie sonst noch so hatten, nahmen sie natürlich mit. Einige der neuen Metallwerkzeuge waren beim Brand beschädigt worden und brauchten erst einmal neue Stiele und Griffe. Den Klingen selber aber hatte das Feuer nichts anhaben können. Sie schärften die Klingen ihrer Werkzeuge sorgfältig und sammelten alle Pfeile ein, die sie finden konnten. Als alle Vorbereitungen und Reparaturarbeiten abgeschlossen waren, packten sie Proviant und Kleinkinder auf den Handkarren und brachen nach Iltir auf. Unterwegs wollten sie die Bauern in den Dörfern, durch die sie kamen, auffordern, ihnen in die Stadt zu folgen. Iltirbas' Familie hatte nicht auf den Rest des Dorfes gewartet und war sofort nach der Beerdigung aufgebrochen, um sich in Iltir für die Freilassung ihres Sohns und Bruders einzusetzen.

Animkei hatte Recht behalten: Die unfreien Bauern in den Dörfern hungerten und litten mehr denn je unter den Repressalien, und so sprang der Funke der Rebellion mit Leichtigkeit über. Die Reden, die sie hielten, und die Wortwechsel, die sie mit den Bauern führten, glichen den Debatten, die die Aufständischen selber noch bis vor wenigen Tagen beinahe allabendlich ausgefochten hatten, bis aufs Wort, aber sie endeten jedes Mal mit der Entscheidung vieler Bauern, sich ihnen anzuschließen. Der Hunger macht am Ende alle zu Rebellen.

Wegen der beträchtlichen Umwege, die sie einschlugen, um möglichst viele Dörfer zu erreichen, und wegen der Zeit, die sie dort verbrachten, um ihren Aufruf zu verbreiten und neue Mitstreiter aufzunehmen, brauchten sie fast eine Woche statt zweier Tage, bis sie die große Garnison in Sichtweite Iltirs erreichten. Zu diesem Zeitpunkt waren bereits hunderte von Bauern unterwegs mit dem Ziel, die Getreidespeicher der Stadt aufzubrechen und den Inhalt unter allen aufzuteilen. Unterwegs waren sie auf mehrere Patrouillen von Wächtern gestoßen; einige hatten versucht, die Bauern mit Gewalt zur Umkehr zu bewegen und waren bei dem Versuch mit Mistgabeln und Sensen getötet worden, aber die meisten Soldaten waren beim Anblick der aufgebrachten Menge geflohen. Mit Sicherheit hatten sie Meldung gemacht und bestimmt bereitete sich die Wache in Iltir schon auf einen Angriff vor. Tumaran war, im Gegensatz zu Animkei, nicht wohl bei der Sache, doch war die Lage schon zu weit eskaliert, um noch Einfluss nehmen zu können. Wo Hunger und aufgestaute Wut sich vereinten, gab es kein Zurück mehr.

Selbst die große Garnison auf dem Hügel über dem Fluss in Sichtweite der Stadt war dem Ansturm der Rebellen nicht gewachsen. Den letzten Teil der Strecke waren sie bequem am Flusslauf entlang gezogen, der um diese Jahreszeit nur noch sehr wenig Wasser führte. Die Soldaten hatten sie daher erst sehr spät entdeckt und hatten auch niemals mit einer so großen Anzahl von Angreifern gerechnet, so dass viele kurzerhand flohen. Gut die Hälfte von ihnen nahm den Kampf auf und versuchte, ihren Posten zu verteidigen, dennoch fiel die Garnison innerhalb nur eines einzigen Nachmittags. Die Verteidiger waren einfach zu selbstsicher gewesen und die rebellischen Bauern in der Überzahl. Ihre landwirtschaftlichen Geräte hatten sich als probate Waffen erwiesen, die edlen Bronzedolche der Wachen dagegen als weniger tödlich als viele sie sich vorgestellt hatten, und mit Gewissheit als nicht magisch. Trotz des allgegenwärtigen Hochgefühls musste Tumaran an die Menschen, Bauern und Soldaten gleichermaßen, denken, die dabei ihr Leben gelassen hatten. Es war niemand darunter gewesen, den er gekannt hatte, aber das Töten um ihn herum missfiel ihm dennoch. Mit seiner verletzten Hand hatte er sich im Hintergrund gehalten, aber nun sorgte er dafür, dass die Leichen der Verstorbenen aus der Garnison gebracht wurden und zumindest eine würdige Bestattung erhielten. Dann sahen sie sich in dem Gebäudekomplex um. Die Getreidespeicher des Vorpostens waren gut gefüllt gewesen. Einer der Räume diente den hier arbeitenden Müllern als Arbeitsraum, in dem sie die hier angelieferte und eingelagerte Gerste direkt zu Mehl verarbeiten konnten. In einem der Vorratsräume fanden die Bauern große Mengen an getrocknetem Mastixharz und die Samen des entsprechenden Baumes.

„Was wollen die denn mit all dem Mastix?", wunderten sie sich.

„Verbrennen", erklärte Niosena ihnen, die von allen Anwesenden in größter Nähe zum Palast gelebt hatte. „Sie benutzen es bei allen Zeremonien, bei Opferfesten und Festmählern, oder um die Luft von Krankheiten zu reinigen. Also eigentlich immer. Oder bei Zahnschmerzen. Im Palast haben sie ständig Zahnschmerzen. Weil sie immerzu Honig essen."

In der zentralen Halle hatten die Soldaten offenbar ihre eigene Schmiede eingerichtet. Die Feuerstelle, Ambosse und Hämmer zeugten davon, dass hier Metall geschmiedet wurde. Wenn hier noch Handwerker gearbeitet hatten, so waren sie jetzt geflohen, so wie auch viele Krieger.

Wo kürzlich noch Metall erhitzt wurde, feierten die Rebellen ihren Sieg am Abend mit einem Festmahl aus den Vorräten der Garnison. Die Müllerfamilien, die sie zunächst verängstigt in ihrer Arbeitshalle vorgefunden hatten, leisteten ihnen Gesellschaft. Es gab Hülsenfrüchte in Hülle und Fülle, getrocknete Feigen, trockenen Käse, Honig, Brot und Bier. Das duftende Harz dagegen interessierte sie nicht und sie ließen es, wo es war.

„Und morgen erstürmen wir die Stadt!", riefen die Rebellen enthusiastisch.

„Morgen befreien wir Iltir!", stimmten die Müller der Garnison mit ein.

Iltirbas' Familie war schon Tage zuvor in der Stadt angekommen. Sie hatten Iltir ohne Probleme durch das Stadttor betreten und waren zu ihrem Haus im oberen Teil der

Stadt gegangen, das seit ihrer Abreise vor wenigen Wochen leer stand. Auch hier hatte sie – zu ihrer Erleichterung – niemand erwartet. Als Erstes machte sich der Schmied zum Hauptquartier der Wache auf, um nach seinem Sohn zu fragen.

„Dein Sohn ist ein verdammter Deserteur", bekam er dort zur Antwort. „Er hat seine gerechte Strafe erhalten." Der junge Mann, der das sagte, trug die gelbe Tunika der Wächter und war mit Hellebarde und Dolch bewaffnet. Er stand zusammen mit seinem diensthabenden Kameraden am Eingang zum Hauptquartier der Wache.

„Das heißt…?", fragte Iltirbas' Vater ängstlich.

„Tod durch Erdrosseln. Kurzer Prozess." Der Wächter sah unbeteiligt aus und schien kein Mann von großen Worten oder ganzen Sätzen zu sein.

Ihre schlimmsten Befürchtungen hatten sich als wahr erwiesen. „Mein Sohn ist tot!", heulte er auf. „Ihr…, ihr…" Dann stockte er und fragte: „Können wir seinen Leichnam haben?"

„Welchen Leichnam?"

„Was soll das heißen, welchen Leichnam?"

„Na, noch ist die Strafe nicht vollstreckt. Habe ich das nicht erwähnt?"

„Das heißt, er lebt noch?", fragte sein Vater. Die Erleichterung troff geradezu aus seiner Stimme.

„Noch, in der Tat. Aber das wird sich in genau acht Tagen wohl ändern; dann soll nämlich gleich eine Reihe von Hinrichtungen stattfinden. General Agallu möchte gerne ein kleines Spektakel daraus machen, zur Abschreckung, verstehst du? Verräter haben bei uns in der Wache nichts zu suchen."

„Mein Sohn ist kein Verräter!"

„Das hast ja wohl kaum du zu entscheiden. Und jetzt geh!"

„Warte noch! Wo ist mein Sohn jetzt? Kann ich ihn sehen?"

„Er ist hier im Hauptquartier eingesperrt. Wir haben Zellen auf der anderen Seite des Exerzierhofs für Fälle wie diese. Und nein, du kannst ihn natürlich nicht sehen."

„Seine Mutter würde ihn gerne noch einmal besuchen. Bitte! Ich gebe dir..."

„Vergiss es! Und jetzt verschwinde!"

„So eine aufgeblasene kleine Ratte!", dachte der Waffenschmied beim Hinausgehen. Immerhin wusste er jetzt, dass Iltirbas noch lebte und sogar, wo er gefangen gehalten wurde. Offenbar gab es auch noch andere Gefangene, die in diesen Mauern auf ihre Hinrichtung warteten. Jetzt musste er nur noch die anderen Schmiede überzeugen, besonders die, deren Söhne sich ebenfalls hatten rekrutieren lassen und die von ihrer Behandlung enttäuscht waren. Er kannte auch ein paar reiche Kollegen, die aufgrund fadenscheiniger Anschuldigungen enteignet worden waren. Die Schmiede kannten sich alle gut; die meisten waren irgendwie miteinander verwandt oder verschwägert und sie hatten bisher noch immer zusammengehalten. Er hatte acht Tage Zeit...

17

Natürlich war die Erstürmung einer befestigten Stadt nicht ganz so leicht, wie es sich die Rebellen, vom ungewohnt reichlich fließenden Bier berauscht, erhofft hatten. Der Fall der Garnison am vergangenen Tag hatte sich schnell in Iltir herumgesprochen. Daraufhin hatte die Wache das große Holztor, das in die Stadt führte, geschlossen. Und nun standen die immer noch leicht verkaterten Rebellen, ihre landwirtschaftlichen Geräte in die Höhe reckend, um den Torbau herum und riefen ihre Parolen, während die Wächtern auf der anderen Seite ihnen mit Verwünschungen antworteten:

„Essen für alle!"

„Auch wir wollen satt werden!"

„Macht, dass ihr nach Hause kommt, Bauernpack!"

„Nieder mit der Wache!"

„Ihr seid nichts als hungrige Wölfe, die aus dem Wald gekrochen kommen!"

„Nieder mit dem König!"

„Das ist Hochverrat!"

„Lasst uns frei sein, nichts anderes zählt!"

„Geht zurück nach Hause, wenn euch euer Leben lieb ist!"

„Freiheit oder Tod!"

„Die Götter sollen euch verfluchen!"

„Und was für einen Unterschied würde das machen, eh?"

Die steinernen Stadtmauern von Iltir waren hoch und massiv; erbaut, um fremden Angreifern den Zugang zur Stadt zu verwehren. Die wenigen Bogenschützen unter Konatins Führung versuchten, ein paar Pfeile über die Stadtmauern zu schießen, scheiterten aber an der Höhe der Mauer und der unzureichenden Zugkraft ihrer selbstgebauten Bögen. Der erneut stark wehende Wind ließ sie noch das einfachste Ziel verfehlen. Überdies, entschieden sie, wollten sie keine Unbeteiligten auf der anderen Seite der Mauer treffen. Einige warfen stattdessen mit Steinen, aber das war noch nutzloser, also ließen sie es rasch bleiben.

Einige der Steine fanden ihren Weg zurück, zurückgeworfen entweder von Soldaten oder von Stadtbewohnern, die vom ziellosen Beschuss genervt waren. Konatin wurde von einem dieser Steine am Kopf getroffen und ging zu Boden.

„Er ist getroffen! Sie haben ihn getötet! Sie haben Konatin getötet!", rief jemand.

Der so Beklagte öffnete die Augen, hob den Kopf und sah sich um. „Red keinen Unsinn! Es war nur ein Stein.

Außerdem haben sie nicht richtig getroffen. Der Stein hat mich nur gestreift. Alles in Ordnung, es geht mir gut."

Der Unterschied zu einer normalen Belagerung war, dass sie keine fremden Angreifer waren. Iltir war voller potentieller Verbündeter: Menschen, die selber unter dem repressiven Regime des Priesterkönigs und seines Generals litten. Menschen, die selber Hunger hatten. Und diejenigen Stadtbewohner, die am meisten darunter zu leiden hatten, lebten unmittelbar entlang der Stadtmauer und hörten die rebellischen Rufe der Aufständischen. Sie nickten zustimmend, wenn sie die Parolen von der anderen Seite der Mauer hörten und ballten die Faust zum mittlerweile gar nicht mehr so geheimen Zeichen der Rebellen, wenn sie die Antworten der Wachen vernahmen.

„Aber es sind doch nur Bauern!", erklärten die Einen.

„Na und? Sie stehen uns näher als der Palast", entgegneten die Anderen. Und sie fuhren fort: „Wann seid ihr zum letzten Mal richtig satt geworden? Könnt ihr euch überhaupt noch daran erinnern? Und das, obwohl wir es sind, die mühsam auf dem Boden kniend das Mehl des ganzen Landes mahlen!"

„Die da draußen sind unsere Brüder und Schwestern", rief eine Müllerin. Die Umstehenden sahen sich rasch um, ob Wächter in der Nähe standen, die sie gehört hatten. Insgeheim stimmten sie alle der Frau zu, hatten aber Angst vor der Strafe, die auf Hochverrat stand.

Die Stimmen der Bauern auf der anderen Seite der Mauer waren in der folgenden Stille nur umso klarer zu vernehmen: „Essen für alle!"

„Nieder mit der Wache!"

„Nieder mit dem König!"

„Nicht Schläge und Hiebe in unserer Not: Brot wollen wir, Brot, Brot, Brot, Brot!"

„Brot! Brot! Brot!"

„Freiheit oder Tod!"

„Sie sind auf unserer Seite; wir sind auf ihrer Seite!", rief die Frau erneut. Jetzt sahen die Wächter tatsächlich zu ihnen hinüber. Die Zeit der Entscheidung war gekommen: Wer die Konfrontation scheute, verschwand rasch in einer der Seitengassen. Die Mehrheit der auf der Straße versammelten niederen Handwerker jedoch blieb und stellte sich der Wache.

„Öffnet die Tore!"

„Lasst sie ein!"

„Nieder mit der Wache!"

Und so waren es tatsächlich Müller, Menschen aus der untersten Handwerkerklasse, die am zweiten Tag der Belagerung die Tore Iltirs öffneten und sich den Rebellen anschlossen. Sie hatten die Wachen am Tor mit ihrer schieren Anzahl im Nu überwältigt, bevor diese Verstärkung aus der Oberstadt hatten anfordern können, und hatten den Bauern die schweren Holztore geöffnet.

Fünf Tage nach seiner eigenen Rückkehr in die Stadt hörte Iltirbas' Vater vom Erscheinen der Rebellen am Stadttor. Da hatten er und eine nicht unerhebliche Gruppe von Angehörigen der Schmiede – Waffen- und Silberschmiede gleichermaßen – schon die Stürmung des Wachhauses für den übernächsten Morgen, den Tag vor der geplanten Hinrichtung seines Sohnes und der anderen Gefangenen, beschlossen. Und am Morgen eben dieses Tages hörten die Verschwörer lauten Tumult aus der Unterstadt hinaufziehen. Die ersten Handwerker kamen die Hauptstraße hinaufgelaufen, teils schienen sie besorgt, teils erfreut, manchmal beides zugleich. „Sie kommen, die Bauern sind in der Stadt!", riefen sie.

„Perfekt", dachte Iltirbas' Vater. „Es geht los."

Nachdem das Stadttor sich ihnen geöffnet hatte, liefen Niosena und ihr Schwager direkt in ihr altes Viertel, um sich die Unterstützung der anderen Töpfer zu sichern. Sie wussten, dass die Unzufriedenheit auch hier groß war.

„Ihr mögt ja grundsätzlich Recht haben, aber was genau ist euer Plan?", war dennoch die erste Frage, die ihnen von ihren ehemaligen Nachbarn gestellt wurde. „Ich meine, wie soll es weitergehen?"

Über die Frage hatten sie in den Dörfern auf dem Weg schon oft diskutiert. „Wir stürzen die Generäle. Entweder löst die Wache sich dann auf oder sie steht von nun an im Dienste aller."

„Und der König?"

„Der muss auch gehen. Wir setzen einen neuen Rat ein, in dem alle Klassen und Berufsgruppen gerecht vertreten sind."

„Und was sagen die Götter dazu?"

„Die Götter haben sich in den vergangenen Jahren auch nicht sonderlich für uns interessiert; warum sollten sie es jetzt tun?"

„Aber wenn der König keine Opfer mehr bringt..."

„Dann was? Gibt es eine Hungersnot? Spielt das Wetter verrückt? Reißt die Miliz die Macht an sich? Rebellieren die Bauern? Wirf doch mal einen Blick aus dem Fenster, auf die Welt jenseits deiner Töpferscheibe!", rief Niosena aufgebracht.

Inzwischen hatten die Rebellen das Palasttor am oberen Ende der Hauptstraße erreicht. Die meisten Frauen und Männer der Müllerklasse hatten sich ihnen gleich angeschlossen, ebenso eine große Zahl von Menschen aus den Familien der Gerber und Weber. Von den Töpferinnen und Töpfern waren viele noch unentschieden: manche schlossen sich in ihre Werkstätten ein, andere zog es auf die Straße zu den Aufständischen. Bisher war es bis auf die Handgreiflichkeiten am Stadttor kaum zu Kampfhandlungen gekommen: die Bewohner Iltirs schlossen sich den Rebellen entweder an, oder sie verbarrikadierten sich in ihren Häusern. Die Schmiede hingegen nutzten das plötzliche Chaos, um mit den von ihnen selbst geschmiedeten Schwertern und Hellebarden die Wache zu stürmen. Die Soldaten waren mit der Situation völlig überfordert; die meisten von ihnen waren abgestellt worden, um den Palastbezirk zu verteidigen. Die obersten Hauptmänner, an vorderster Stelle Agallu und Happuala, befanden sich ebenfalls im Palast. Die Rekruten aus den Handwerkerklassen in ihren braunen statt gelben Tuniken dachten nicht im Traum daran, gegen ihre eigenen Familien zu kämpfen und liefen sofort zu den Aufständischen über. Daher war die Hauptwache im Nu eingenommen. Nur wenige in Gelb gekleidete Krieger lieferten sich noch vereinzelt Gefechte mit Angehörigen der Schmiedefamilien, viele von ihnen selbst im Kampf ausgebildet.

Iltirbas' Vater stürmte in den Exerzierhof, umging rasch einige verbliebende Duellanten und riss an der hinteren Hofmauer eine verriegele Tür nach der anderen auf. In jeder der sich dort befindlichen Zellen hockten mehrere Gefangene und warteten auf ihre Bestrafung, was im wahrscheinlichsten Falle auf ihre Hinrichtung hinauslief. Dankbar stürmten oder humpelten sie ins Freie – je nachdem, wie schlimm sie zugerichtet waren. Mit jeder Zelle, die er öffnete und in der er den Gesuchten nicht antraf, wuchs seine Anspannung. Endlich, in der vorletzten Zelle, fand er seinen Sohn. Iltirbas sah ziemlich mitgenommen aus: sein linkes Auge war blau und vollständig zugeschwollen, die Lippe aufgeplatzt, die Handgelenke waren aufgescheuert und er hinkte, als er aufstand, um seinen Vater zu umarmen. Aber er war überglücklich.

„Meine Güte, was haben sie nur mit dir gemacht? Kannst du laufen?", fragte sein Vater ihn nach der stürmischen Begrüßung, zu der nun auch sein Bruder hinzugestoßen war.

Iltirbas humpelte versuchsweise ein paar Schritte. „Wird schon gehen."

„Dann lauf schnell nach Hause zu deiner Mutter! Sie wartet sehnsüchtig auf dich. Sie wird deine Wunden versorgen und dir etwas zu essen geben. Wir sehen uns dann später."

„Was habt ihr vor?"

„Wir schließen uns den Rebellen bei der Erstürmung des Palasts an. Das hier ist noch nicht zu Ende. Die meisten Krieger, besonders die Hauptleute und der General haben sich dort verschanzt."

„Passt auf euch auf!"

„Das sagt der Richtige!" Grimmig lächelnd sah Iltirbas' Vater seinem Sohn hinterher.

Die Belagerung hatte sich nun auf den Palastbezirk verlegt. Hier würden die Rebellen so schnell nicht eindringen. Ein paar Steine flogen über die Mauer in den Palasthof hinein. Mit einem improvisierten Rammbock aus einem dicken Holzbalken, den sie irgendwo in der Stadt gefunden hatten, versuchten die Rebellen, das massive, mit Bronze beschlagene Tor in den Palastbezirk aufzubrechen, aber es hielt ihren Bemühungen bislang stand. Immerhin, sagten sie sich, waren sie nicht in Eile. Eigentlich war den Bauern der Zutritt zum Palastbezirk sowieso unter Androhung der Todesstrafe verboten – nicht, dass sich jetzt noch irgendjemand darum scherte. Für den Augenblick warteten sie einfach ab. Irgendwann würden selbst dem Palast die Vorräte ausgehen.

Apropos Vorräte, dazu waren die Bauern ja ursprünglich in die Stadt gekommen: um die Lebensmittel gerecht aufzuteilen und endlich wieder satt zu werden. Es war schon fast dunkel, als eine Gruppe von Rebellen die mit Lehm versiegelten Türen der neuen Silos aufbrach. Sie alle trugen Fackeln, um in den dunklen Vorratsgebäuden besser sehen zu können. Der erste Raum war mit für sie unglaublichen Mengen von Mehl gefüllt, die Vorräte im zweiten, dritten und vierten waren fast noch größer. Voll Freude ließen sie das Mehl erst durch ihre Hände rieseln und warfen dann im Übermut ganze Handvoll von dem feinen Pulver in die Luft.

Die Explosion war gewaltig. Innerhalb von wenigen Augenblicken verwandelten sich die Silos mit einem lauten Knall in eine einzige Fackel. Der Lärm der Mehlstaubexplosion und das anschließende Feuer, das im Nu auf die umliegenden Silos und ihren äußerst entzündlichen Inhalt übergriff, übertönte das Schreien der Verletzten und Sterbenden. Die Menschen in der Nähe, die noch laufen konnten, stoben in alle Richtungen auseinander. Beinahe ebenso schnell breitete sich das Feuer aus, denn es war immer noch sehr windig. Zwar bestanden die Fundamente der Häuser aus Stein, jedoch waren die meisten Wände aus verputztem Flechtwerk, das an den schadhaften Stellen, an denen der Verputz abgesprungen war, sofort Feuer fing. Durch die Hitze bröckelte der Verputz ab und legte mehr und mehr brennbares Material frei. Die hölzernen Dachbalken der Häuser waren staubtrocken und die Bastmatten, die die Böden und Dächer bedeckten, taten ihr Übriges. Ein starker Wind trug die Flammen von einem Haus zum anderen. Als nächstes fingen die Werkstätten der Weber mit ihren Vorräten an Flachs und dem leicht brennbarem Flachswerg den Flammen zum Opfer. Das Feuer fraß sich in der Stadt immer weiter aufwärts in Richtung Palast, immer der schwarzen Rauchwolke hinterher, die ihm vorauseilte. Wer von dort fliehen wollte, musste nach unten fliehen, in Richtung der Flammen, auf die Stadtmauer zu. Die Handwerker, die sich in ihren Häusern verbarrikadiert hatten, liefen jetzt hinaus auf die Straße und mischten sich mit den anderen Bewohnern Iltirs, die mit dem Hab und Gut, das sie tragen konnten, in Richtung Stadttor liefen. Nur einige mutige Optimisten versuchten, sich dem Feuer mit Eimern und dem Wasser der großen Zisterne entgegenzustellen. So gut es ging organisierten sie sich in Menschenketten, die von der Zisterne aus Eimer um Eimer von Hand zu Hand weiterreichten. Tumaran war unter ihnen und ignorierte den Schmerz, wenn er mit seiner verletzten Hand Ledereimer voller Wasser schleppte. Er biss die Zähne zusammen, als die Wunde wieder aufbrach und erneut anfing zu bluten. Die Freiwilligen arbeiteten hart, aber der Kampf gegen die überall züngelnden Flammen und die immer unerträglichere Hitze war hoffnungslos. Die hohen Mauern, die die Bewohner beschützen sollten, erwiesen sich nun als Falle.

Als den Bewohnern schließlich klar wurde, dass ihnen nur noch die Flucht blieb, war die Hauptstraße verstopft mit Menschen und ihren geretteten Habseligkeiten. Es gab nur einen Weg hinaus: Hunderte von Menschen versuchten, sich gleichzeitig durch das Stadttor zu drängen. Wer stürzte, lief Gefahr, von der Masse niedergetrampelt zu werden. Die Bauern, die eben noch den Palast belagert hatten, gaben beim Anblick des heranrückenden Feuers ihre Belagerung auf und flohen ebenfalls aus der Stadt.

Muwa, Priesterkönig über Wilusipami, sah vom obersten Fenster des Palasts hinab auf seine brennende Stadt. Es gab kein Entrinnen mehr; sie war dem Untergang geweiht, genau wie die Stadt ihrer Vorfahren im Osten in den alten Geschichten. Er dachte an die überlieferten Legenden und die ruhmreichen Heldentaten seiner Vorfahren. Würde er nun selber in den Pantheon der Helden aufsteigen oder würde er einfach vergessen werden? Er hatte doch immer versucht, Stärke zu zeigen und unnachgiebig zu sein. Mit einer grimmigen Zufriedenheit, die er selber nicht verstand, sah er auf das lodernde Feuer hinunter. Wenn er schon unterging, dann sollte auch die Stadt mit ihm vernichtet werden.

„Gekommen ist der letzte Tag und das unabwendbare Schicksal für Wilusipami", deklamierte er für sich selber, denn es war niemand geblieben, der ihm noch zuhörte. „Verloren sind wir, verloren wie das alte Wilusa und der strahlende Ruhm der ehrwürdigen Stadt!"

Bis zum Ende hatte er Befehle erteilt, Kommandos gebrüllt, versucht, den ganzen Palast zusammenzuhalten und sich sowohl dem Pöbel als auch dem Feuer zu widersetzen. Doch nun sah er niemanden mehr, dem er Befehle hätte geben können oder wollen. General Agallu war wer weiß wo und dessen Stellvertreter Happuala hatte er von hier oben aus mit eigenen Augen sterben sehen. Die meisten seiner Untergebenen, ja selbst die Wachen, waren desertiert und geflohen. Seine Frau Naru hatte er schon seit Stunden nicht mehr gesehen. Die Adler, deren Flug er so gerne von hier oben aus beobachtet hatte, waren vor den Flammen und dem Rauch geflohen. Die Hitze begann jetzt auch an diesem höchsten Punkt der Stadt unerträglich zu werden. Der Wind, der kräftig durch das Fenster wehte, war jetzt so glühend heiß, dass er einen Schritt beiseite treten musste. Er hörte die Schmerzens- und Entsetzensschreie aus der Stadt und aus den unteren Palastetagen bis hierher hinauf. Sie ließen ihn sogar seinen wuchernden Zahnabszess vergessen. Nicht mehr lange und das Feuer würde auch auf seine Gemächer übergreifen. Wenn er doch nur Gift hätte...

Muwa hörte ein Poltern auf der hölzernen Treppe, die hier hinauf führte, dann ein irres Lachen. Die Stimme klang vertraut.

„Agallu!" Er drehte sich um und erstarrte.

Der Rücken des Generals stand in Flammen. Sein Haupthaar und seine Augenbrauen waren abgesengt, von seinem Bart nur noch Stoppeln übrig. Aus rissigen Lippen ließ er nun wieder ein irres Lachen hören. Der Schmerz musste ihm den Verstand geraubt haben. Nun erst erkannte er, dass Agallu das Feuer mit seinem eigenen Körper bis hierher hinauf getragen hatte. Aus dem Türeingang hinter Agallu quoll nun dichter Rauch.

„Komm, bringen wir es zu Ende!", schrie der General hysterisch. Letzten Endes war sein Name ‚Ich bin bereit zu sterben' wohl doch noch ein treffendes Omen gewesen.

Muwa wich zurück, doch Agallu folgte ihm, kam ihm immer näher. Der Gestank nach verbranntem Haar und Fleisch war bestialisch.

„Vielleicht hat Agallu Recht", dachte Muwa. „Wir sind verloren. Es ist vorbei. Wir sollten es einfach zu Ende bringen."

Agallu stolperte nun neben seinen König ans Fenster. Letzterer wand trotz der Hitze den Blick ab und sah hinaus, um den Anblick des entstellten Gesichts seines alten Mitstreiters zu vermeiden. Mit erstaunlicher Kraft packte dieser mit einem Mal den König und stieß ihn aus dem Fenster in die Tiefe. Dann sprang er selbst hinterher, eine lebende Fackel, die einen Schweif aus Flammen hinter sich herzog. Innerhalb von wenigen Sekunden war es vorüber.

Muwas letzter Gedanke galt der Weissagung seiner Frau Naru, damals, als sein Bruder noch König war: „Sei unbesorgt. Kein König von Wilusipami soll durch Waffen umkommen." Sie hatte Recht behalten.

18

Wilusipami brannte drei Tage und drei Nächte. Dichter schwarzer Rauch stieg aus der Stadt in den Himmel hinauf, einem gigantischen Rauchopfer gleich, und verdunkelte den Tag. Beizeiten erweckten die Rauchsäulen den Anschein, als ob sie im Himmel eine neue Stadt mit Mauern, Häusern und Türmen errichten wollten. Dann verwehte der Wind sie wieder zu einer unförmigen grauen Masse. Je dunkler es am Abend wurde, desto größer erschien das Feuer, desto heller die blutroten Flammen. Dann sah es so aus, als würde der Abendhimmel bluten. Während der Nacht schließlich wurden der Himmel, die Ebene und die umliegenden Hügel von den Flammen in unruhig flackerndem rötlichem Licht erhellt.

Die meisten Bewohner hatten sich rechtzeitig in Sicherheit bringen können. Mit Ausnahme der initialen Explosion hatte sich das Feuer trotz des Windes langsam genug durch die Stadt gefressen, um der überwiegenden Mehrheit die Flucht zu ermöglichen. Die überlebenden Bewohner hatten sich vor den Toren der Stadt in gebührender Entfernung zu Hitze und Rauch und gegen die

Windrichtung versammelt. Hier kamen rebellische Bauern und Handwerker aller Klassen zusammen; auch Wächter und ihre Familien waren darunter und sogar einige Adelige. Die Wächter hatten ihre Hellebarden und Schwerter abgelegt, waren jedoch noch an der Farbe ihrer Tuniken zu erkennen. Doch Ruß und Asche, die alle Kleider schmutzig grau färbten, machten auch diese Unterschiede schnell zunichte.

Trotz aller vorausgegangener Konflikte: Niemand zankte sich in dieser Situation; zu groß war der Schock. Was war eigentlich geschehen, fragten sich die meisten? Wie war es nur dazu gekommen? Manche Menschen waren apathisch, andere wieder versuchten, sich der allgegenwärtigen Zerstörung mit Aktionismus entgegenzustellen. Wer entsprechende Kenntnisse besaß, versorgte die zahlreichen Verletzten. Viele Menschen hatten Brandwunden davon getragen, auch Platzwunden oder Knochenbrüche von einstürzenden Dächern oder Stürzen auf der Flucht vor dem Feuer. Andere sammelten und verteilten Lebensmittel und Wasservorräte, die sie aus der Stadt hatten retten können. Die meisten Überlebenden jedoch waren einfach damit beschäftigt, ihre Angehörigen und Freunde zu suchen. Rufe nach Kindern, Müttern, Vätern, Ehegatten und Geschwistern, die während ihrer Flucht getrennt worden waren, hallten über die Menge und verschmolzen zu einer Kakophonie des Schreckens, die vom Tosen des Feuers untermalt und beizeiten übertönt wurde. Familien sammelten sich langsam, Freunde fanden zu Gruppen zusammen. Ein Mann brachte seinen alten Vater auf dem Rücken tragend in den Schoß seiner Familie, während er seinen kleinen Sohn an der Hand hielt.

Auch die bäuerlichen Rebellen aus den Dörfern versammelten sich, freilich ein bisschen abseits auf einem kleinen Hügel, auf dem ein alter Zypressenbaum stand, aus Angst, für die Feuersbrunst verantwortlich gemacht zu werden. Doch nichts von dem, was sie befürchtet hatten, geschah. Zu viele der Bewohner Iltirs hatten sich am Ende selber der Rebellion angeschlossen und alle hatten den gewaltigen Knall der Explosion in den Vorratsspeichern gehört. Niemand konnte sich vorstellen, wie einfache Bauern so etwas hätten hervorbringen können, oder sie wagten es zumindest nicht, derartige Anschuldigungen vorzubringen. Einige Menschen riefen in ihrer Verzweiflung die Götter an oder verwünschten sie im Gegenteil. Dass die Herrscherfamilie nirgends zu sehen war, gab ihnen Anlass zur Spekulation über einen Racheakt der Götter. Die gelegentlich geäußerte entgegengesetzte Vermutung, die Götter hätten den Herrscher und seine Angehörigen zu sich gerufen, um sie zu retten, wurde allseits verworfen. Götter hin oder her, der Priesterkönig – darin war man sich einig – hatte versagt und seine Untertanen schon seit langer Zeit im Stich gelassen. Ohnehin war den Augenzeugen der Geschehnisse um den Palast klar, dass es aus dem geschlossenen und heftig vor den eigenen Bürgern verteidigten Palastbezirk kaum ein Entrinnen hatte geben können.

Lortikis hielt ihre beiden Kinder Lakobor und Nesaiun fest an den Händen, damit sie nicht verloren gingen, während sie nach ihrem Mann suchte. Animkei saß erschöpft unter den weit verzweigten Ästen der alten, knorrigen Zypresse, die der Fruchtbarkeitsgöttin geweiht war und an dem die Bewohner ihres Dorfes langsam zusammenkamen. In den Ästen der Zypresse hing ein kürzlich verlassenes Bienennest. Die Bienen waren wohl vor dem Rauch und vor der großen Anzahl der Menschen, die rund um den Baum alles niedertrampelte, geflohen. Animkei betrachtete das Nest nachdenklich, hin- und hergerissen zwischen Euphorie und dem Entsetzen über das Geschehene. Inteber versorgte die Brandwunden, Prellungen und kleineren Knochenbrüche der Dorfbewohner so gut es in dieser Situation ging.

„Tod bedeutet Gleichmut, aber Leben Hoffnung. Irgendwie geht es immer weiter", versuchte sie die Verzweifelten zu trösten.

Konatin und seine Freunde machten schon wieder Pläne für die Zukunft. Sie wollten sofort zurück in ihre Waldsiedlung, um sie wieder aufzubauen, obwohl sie um einen Freund trauern mussten: Der junge Sorbos hatte die Panik beim Ausbruch des Brandes nicht überlebt und war zu Tode getrampelt worden. Erst später hatten sie seine Leiche gefunden, die jetzt – wundersamerweise von den Flammen verschont – von einem Tuch bedeckt unter dem Baum lag, wo seine Familie um ihn weinte. Sie würden ihn am nächsten Morgen dort begraben. Auch Niosena trauerte um ihren Schwager, aber seinen Leichnam hatten sie nicht aus der brennenden Stadt retten können. Auch sie saß nun stumm unter dem Zypressenbaum und formte geistesabwesend kleine Stierfiguren aus Lehm. Sie würde sich von nun an um die elternlos gewordenen Kinder ihres Schwagers, ihre Nichte und ihren Neffen, kümmern müssen. Die Kinder schliefen jetzt völlig erschöpft neben ihr unter dem Baum. Weitere Dorfbewohner wurden noch immer vermisst.

Iltirbas und dessen Familie wurden bei den Schmieden wie Helden gefeiert. Die Befreiung der Gefangenen aus der Wache hatte ihnen das Leben gerettet; sie wären sonst jämmerlich in ihren Zellen verbrannt. Birike hatte auch ihre Tochter, Iltirbas Schwester, sowie deren zukünftigen Ehemann zu den Familien der Schmiede geholt. Dort waren sie, befand sie, am sichersten.

Alle verbrachten sie die Nacht im Freien. Kaum jemandem gelang es, beim Anblick der brennenden Stadt ein wenig Schlaf zu finden, mit Ausnahme der Kinder, über deren unruhigen Schlaf ihre Verwandten angespannt wachten. Es dauerte noch die ganze Nacht, bis Lortikis endlich in den frühen Morgenstunden ihren Mann Tumaran wiederfand. Einige Töpfer, ehemalige Nachbarn Niosenas, hatten ihn heftig hustend und mit Blut besudelt in einer Gasse ihres Viertels in der Nähe der Zisterne gefunden und ihm bei der Flucht geholfen. Seine Fußsohlen wiesen wie die vieler anderer Bauern, die ohne Schuhe gingen, Verbrennungen auf. Er war überdies nicht der einzige, der sich an diesem Tag eine Rauchvergiftung zugezogen hatte.

Die Handwerker und Bauern von Wilusipami waren endlich frei, aber sie standen vor dem Nichts. Viele brachen schon bald auf der Suche nach Nahrung und Wasser auf, denn die Ebene konnte sie nicht ernähren. Die wenigen vor den Flammen geretteten Vorräte waren rasch aufgebraucht. Wer wie die Bauern einen Ort hatte, an den er oder sie zurückkehren konnte, tat dies baldmöglichst. Als die Flammen in der Stadt endlich zu einem glühenden Schwelen erstarben und der Großteil des Rauchs sich verzogen hatte, konnten die Menschen in der Ferne, weit hinter den Hügeln am Horizont, weitere Rauchsäulen entdecken, die hoch in den Himmel stiegen. Die Rebellion hatte sich ausgebreitet. Die Paläste und Garnisonen im ganzen Land brannten.

„Wie soll es jetzt weitergehen?"

Das war die Frage, die jedermann auf der Zunge lag und die allenthalben gestellt wurde. Kaum jemand wollte zurück zu Unterdrückung der Massen und Privilegien für wenige, und diejenigen, die es sich insgeheim wünschten, taten gut daran, es nicht laut zu äußern. Mit einem Mal waren alle, auch die Wächter und Adeligen, schon immer für die gerechtere Verteilung von Ressourcen gewesen. Aber genau diese Ressourcen fehlten ihnen jetzt, nachdem die Silos der Stadt abgebrannt waren. Es gab noch die gut gefüllten Lagerräume der Garnison, die jenen, die heimatlos geworden waren, über die ersten Wochen hinweghelfen würden, aber auch diese Vorräte würden nicht für alle und nicht allzu lange reichen. Bald würde es Herbst werden, und auf den Herbst würde für alle ein harter Winter folgen. Es gab nur eine Möglichkeit, zu überleben: die Menschen mussten sich zerstreuen. Kleine Siedlungen, in denen jeder mit anpackte, waren die Lösung. Die Bauern gingen zurück in die Dörfer, in denen sie auch vorher schon gelebt hatten oder suchten

196

nach Land, das sich besser bestellen ließ als dasjenige, das man ihnen zuvor zugeteilt hatte. Sie bauten erstmals die Feldfrüchte an, für die die jeweiligen Böden am besten geeignet waren und die ihre Gemeinschaft benötigte. Überschüsse konnten sie gegen andere Produkte eintauschen.

Die verschiedenen Handwerker waren gezwungen, sich auf diese Dörfer verteilen. Alle Spezialisten an einem zentralen Ort zu beschäftigen, machte einfach keinen Sinn mehr. Für sie war es einerseits eine große Umstellung, auf der anderen Seite durften sie nun produzieren, was wirklich vor Ort gebraucht wurde, innovativ sein, und ihre Produkte gestalten, wie es ihnen gefiel. Töpfer experimentierten mit neuen Formen und Dekors, während die Schmiede sich mit der Landwirtschaft vertraut machten und den Bauern effizienteres Werkzeug gaben. Weber mischten die Farben ihrer Stoffe zu bunten Mustern, wie es sie zuvor niemals gegeben hatte. Gerber, Metzger, Färber, Müller: sie alle fanden ihren Platz in den Dörfern, in denen niemand mehr auf sie herabsah. Die Wächter und Adeligen hatten sich irgendwie in die neuen Gemeinschaften einzufügen. Erstere konnten immerhin gut reiten und kannten sich im Land aus. Einige von ihnen wurden Händler, denn schließlich wurden importierte Güter wie Bronzebarren, Flint oder Salz weiterhin gebraucht. Andere zogen schlicht weiter, um woanders ihr Glück zu suchen.

In den ersten Wochen nach dem Brand waren noch kleine Gruppen von rußverschmierten Menschen zu sehen, die in den Ruinen nach Brauchbarem suchten, Bronze und Silber zum Beispiel, die zu neuen Formen geschmiedet werden konnten, Werkzeuge wie Ambosse, Hämmer oder Webgewichte, oder auch Gefäße, die das Feuer unzerstört überstanden hatten. Aber schon bald war alles, was noch irgendwie einen Nutzen haben konnte, weggetragen und damit verschwanden auch die letzten Menschen. Iltir war zu einer Geisterstadt geworden. Das Stadtgebiet von Wilusipami wurde nie wieder besiedelt.

Der Großteil der Bewohner der Waldsiedlung, die einst als Strafkolonie ihren Anfang genommen hatte, kehrte dorthin zurück, um noch einmal von vorne anzufangen. Gerade die jungen Leute gingen diese Aufgabe mit großem Enthusiasmus an. Dieses Mal hatten sie endlich keine Repressalien von Seiten der Soldaten zu fürchten und mussten ihre Vorräte nicht im Wald verstecken. Auch Iltirbas' Familie und Niosena kehrten dorthin zurück. Sie bauten ihre abgebrannten Werkstätten wieder auf und stellten ihre Werkzeuge, Töpfe, Vorratsgefäße und all das, was die Dorfbewohner brauchten, mit großer Kreativität her. Niosena begann, kleine Figuren aus Ton für die Kinder zu formen. Ihre ersten Versuche waren noch recht grob, aber sie wurde mit der Zeit besser.

Lortikis und Tumaran saßen abends am Kohlenbecken in ihrer neuen Hütte und sahen ihren beiden Kindern zu, wie sie in Felle eingehüllt schliefen. Lortikis war wieder schwanger. Dieses Kind würde sie hoffentlich nicht verlieren.

„Ich frage mich immer", sagte Tumaran nachdenklich zu seiner Frau, „ob all diese Zerstörung wirklich notwendig war. Eine ganze Stadt ist niedergebrannt, Menschen sind gestorben. War es das wert?"

„Natürlich war es das nicht wert. Nichts sollte gewaltsam Menschenleben kosten. Aber es konnte auch nicht weitergehen wie bisher, oder? Wie viele Leben hätte das gefordert?"

„Du sagst also, es hätte so kommen müssen?"

„Nein, das sage ich nicht. Ich verstehe immer noch nicht, was wirklich geschehen ist, wie es so plötzlich zu dem Brand kam. Aber ich bin mir sicher, dass es nicht mit Absicht geschah. Du kannst dir keine Vorwürfe machen, Tumaran!"

„Du meinst, wir wären auch ohne die Zerstörung der Stadt erfolgreich gewesen?"

„Natürlich wären wir das. Die Menschen waren müde vor Angst und Hunger. Niemals hätte einer von uns zu seinem alten Leben zurückkehren können. Mach dir keine Vorwürfe und lass uns an die Zukunft denken!" Sie tätschelte ihren dicken Bauch. „Gute Nacht, Tumaran!"

„Gute Nacht!"

2φ

20 Jahre später

Die alte Töpferin holte die kleinen Tonfiguren hervor, mit
denen sie ihre Geschichten stets untermalte. Die Kinder
durften mit den übrigen Figürchen spielen, während sie
ihr lauschten. Ihre gichtigen Finger schafften es nicht
mehr, feine Keramikgefäße herzustellen, aber für die kleinen Figuren reichte es noch: Tiere und Menschen, Frauen,
Männer und Kinder, Ochsenkarren mit richtigen Rädern,
die sich sogar auf ihren Achsen drehten, alle Arten von
Tieren, kleine Modellwerkzeuge oder ganze Häuser. Ihre
Zuhörer waren nicht ihre Enkelkinder, wie man hätte
vermuten können, denn sie selber war zeitlebens kinderlos geblieben; es waren die Kinder und Enkel ihrer Nichte und ihres Neffen, die sie nach dem Tod ihrer Eltern
großgezogen hatte, und ihrer Nachbarn und Freunde, die
immer gerne zu ihr kamen, wenn die Eltern auf dem Feld
oder in ihren Werkstätten arbeiteten. Besonders wenn das
Wetter, so wie heute, kühl und regnerisch war und die

Kälte durch die Wände der Hütte in ihre Knochen kroch. Ihr schmerzender Rücken war mit den Jahren immer schlimmer geworden. Dann saß sie in eine bunte Decke gehüllt auf ihrem Schemel am Feuer und erzählte den Kindern zu ihren Füßen Geschichten von Bauern und Tieren, aber auch von Abenteuern, Helden und großen Städten, die es nicht mehr gab.

„Erzähl uns von damals, als du jung warst!", wurde sie aufgefordert. „Wie war das in der großen Stadt?"

„Damals", begann die alte Töpferin, „war alles noch ganz anders." Und sie erzählte: von Iltir, den engen Gassen, dem Palast, den Wachen mit ihren Waffen, der prächtigen Hochzeit des Königs, dem Ascheregen und dem Schnee, aber auch von Hunger und Unterdrückung, und von dem großen Feuer, das all dies zerstört hatte.

„Niosena!", wurde sie schließlich von einem Mädchen unterbrochen.

Die alte Töpferin hob die Augen. „Ja, mein Kind?"

Es war die kleine Tuya, die dort gesprochen hatte, die Tochter Nesaiuns, somit die Enkelin ihrer mittlerweile verstorbenen Freundin Lortikis. Nesaiun hatte einen Mann geheiratet, der ursprünglich aus der Stadt kam, aber diese Dinge machten nun keinen Unterschied mehr. Sie hatten dem Mädchen sogar einen Namen aus der alten Sprache der Städter gegeben. Die Älteren unter den Dorfbewohnern hatten darüber ihre Köpfe geschüttelt, aber die Jüngeren hatten nur mit den Schultern gezuckt. „Was soll es?", fragten sie. „Leben wir nicht alle zusammen?"

„Hattest du damals Angst vor den Männern mit Waffen?", fragte Tuya. Die Kleine hatte die Augen ihrer Großmutter.

„Natürlich hatte ich Angst, was glaubst du denn?"

„Ich dachte, Helden hätten keine Angst."

„Natürlich haben sie das. Sonst würden sie nur Unsinn treiben. Außerdem bin ich keine Heldin."

„Meine Mutter sagt aber, dass du eine bist."

Niosena schmunzelte. „Unsinn! Ich habe nur getan, was getan werden musste. Und jetzt raus mit euch! Der Regen hat aufgehört und die Sonne scheint. Bald ist Essenszeit. Vergesst nicht, die Tonfiguren wieder in die Kiste zu legen. Und zieht eure Sandalen an, bevor ihr geht! Der Boden draußen ist schlammig."

Gedankenverloren stand Niosena auf und kehrte die Brotkrumen vom Tisch, um später damit die Vögel zu füttern. Sie liebte es immer noch, ihnen beim Aufpicken der Krümel zuzusehen.

Nachwort

Ja, ich bin Optimistin. Diktaturen halten sich nicht - das kann uns die Geschichte lehren: ihr Untergang wiederholt sich. Auch wenn die Welt niemals dauerhaft rosig sein wird, bin ich doch der Meinung, dass eine gerechtere Gesellschaft möglich ist: wenn die Menschen sich bemühen und die wahlweise als natur- oder gottgegeben begründeten Privilegien weniger über viele nicht hinnehmen, wenn sich niemand mehr aus Gründen der Herkunft, Religion, der äußeren Erscheinung, des Geschlechts, der sexuellen Orientierung oder was auch immer über andere erhebt. Wenn die Gier nicht die Menschlichkeit erstickt. Die Grundlage dafür ist selbstverständlich die Demokratie, die es – man muss es heute leider wieder besonders betonen – aktiv zu leben und zu verteidigen gilt.

Dieser Roman beruht auf den Erkenntnissen der archäologischen Ausgrabungen von bronzezeitlichen Stätten der El-Argar-Kultur im Süden der Iberischem Halbinsel. Diese Kultur wird oftmals als „der erste Staat Europas" oder das „Troja des Westens" bezeichnet. Sie zeichnet sich durch befestigte Siedlungen aus, die über kleine Dörfer dominieren. Die Befunde, insbesondere von Bestattungen, legen eine ausgeprägte Hierarchie innerhalb der Gesellschaft nahe, mit einer militarisierten Oberschicht, spezialisierten Handwerkern und abhängigen Bauern. Besonders letztere litten Grabbefunden zufolge unter Mangelernährung und einer hohen Kindersterblichkeit. Ich habe mich eng an die Interpretationen der aktuellen Ausgräber gehalten (s. Literaturliste), auch wenn ich mir bewusst bin, dass einige ihrer Rekonstruktionen, die die soziale Ordnung der argarischen Kultur betreffen, nicht unumstritten sind, wie es in der Archäologie eigentlich immer der Fall ist.

Die beiden größten Fundstätten La Almoloya de Pliego und La Bastida de Totana habe ich zu der halbfiktiven Stadt Wilusipami – Iltir – zusammengefasst. (Diese Freiheit habe ich mir aus dramaturgischen Gründen genommen.) Die große Zisterne und die massiven Befestigungsmauern stammen aus La Bastida, der zentrale Versammlungssaal mit der schräg umlaufenden Bank und dem Fürstengrab darin aus La Almoloya. Der Fundort der vorgelagerten Garnison heißt heute Tira de Lienzo. Dort wurde tatsächlich eine große Menge an Mastixsamen gefunden.

Ein herausragendes Merkmal der El-Argar-Kultur ist die völlige Schmucklosigkeit und die Standardisierung ihrer Objekte. Es scheint, als ob der Formenkanon, beispielsweise der Keramikgefäße, vorgegeben war. Abweichungen kommen so gut wie nicht vor. Ähnliches gilt für Metallobjekte. Figürliche Darstellungen oder auch nur Verzierungen wurden fast nicht gefunden. (Die einzige Ausnahme stellen vier Stierfigürchen vom Fuß des Sied-

lungshügels von La Bastida dar.) Diese außergewöhnliche Eigenart zu erklären, ist mir nicht leichtgefal-
len. Ich habe sie daher mit der – ebenfalls unbekannten –
Religion der El-Argar-Kultur verknüpft, die ich als eine
nüchtern-machtbetonte Ideologie skizziere. Die von mir
beschriebenen Götter, die Rituale und auch der angebli-
che Schadenszauber Annitis lehnen sich an bekannte Kul-
te des östlichen Mittelmeerraums, insbesondere aus
Quellen der kleinasiatischen Luwier und Hethiter an.
Das hat seine Gründe:

Der Beginn der El-Argar-Kultur wird auf 2.200 v. Chr.
datiert, was in etwa mit der Zerstörung von Troja II zu-
sammenfällt. Es gibt verschiedene Hinweise auf Kontakt
oder gar eine mögliche Herkunft aus diesem Gebiet. Daher habe ich die Hauptstadt, auch in Anlehnung an den
heutigen Spitznamen der El-Argar-Kultur, „Wilusipami"
getauft, was in der luwischen Sprache, die wahrscheinlich in Troja gesprochen wurde und die eng mit dem Hethitischen verwandt ist, „Troja des Westens" bedeutet.
Der Adel und die Kriegerklasse in meiner Geschichte tragen luwische oder hethitische Namen und auch die Namen der beiden namentlich erwähnten Gottheiten, bezie-
hen sich auf ihre ostmediterranen Vorbilder: Taru für den
Wettergott Tarhunt und Kubba für die Göttin Kubaba.
Der Mythos um Verschwinden und Wiederkehr des
Fruchtbarkeitsgottes ist dem hethitischen Telipinu-My-
thos entlehnt.

Im Gegensatz zur Oberschicht tragen die Bauern und
Handwerker altiberische Namen. Von der altiberischen

Sprache ist nicht viel mehr bekannt als Bestandteile von Eigennamen. Eine der wenigen Ausnahmen bildet das Wort Iltir, das „Stadt" bedeutet. Es wird vermutet, dass die altiberische Sprache mit dem Baskischen verwandt ist; daher stammt der Name des fiktiven Wachhundes der Unterwelt, Sapillo, inspiriert von einer möglichen Übersetzung seines griechischen Pendants Kerberos ins Baskische. Mit Hilfe der unterschiedlichen Herkünfte der Eigennamen habe ich einen kolonialistischen Aspekt eingefügt, obwohl es meines Wissens keine Belege für eine unterschiedliche ethnische Herkunft der verschiedenen Gesellschaftsklassen gibt. Deshalb bin ich im Roman selber auch nicht weiter darauf eingegangen, auch um den Parabelcharakter der Geschichte nicht zu sehr einzuschränken, schließlich findet Unterdrückung auch innerhalb einer Gesellschaft, und nicht notwendigerweise nur in Form von Besatzung oder Kolonialismus statt.

Die beschriebene materielle Kultur (Waffen, Keramik, Architektur, Bestattungsformen, Schmuck usw.) entspricht – soweit bekannt – den Grabungsbefunden. Auch die königliche Silberkrone der Königin mit dem eigenartigen Fortsatz, der bis auf die Nase reicht, habe ich nicht erfunden. Mehrere silberne Diademe dieser Art wurden bisher entdeckt. Die eigentliche Bezeichnung für die Langwaffe der Wächter lautet Stabdolch; sie kommt aber einer Hellebarde recht nahe, weshalb ich auch diesen weitaus bekannteren Begriff gewählt habe.

Steinklingen und Tonsicheln mit Sägezähnen aus Flint waren auch in der Bronzezeit durchaus nichts Ungewöhnliches. Bronze war teuer, daher waren Steinwerkzeuge im bäuerlichen Alltag noch lange in Gebrauch.

Im Fürstengrab aus dem Versammlungssaal in La Almoloya fanden sich tatsächlich die Gebeine eines Mannes und einer Frau, deren reiche Grabbeigaben auf einen besonderen Rang schließen lassen. Die beiden wurden in einem Pythos, einem großen Tongefäß, beigesetzt, und zwar nicht gleichzeitig. Die Lage der Knochen lässt darauf schließen, dass der Verwesungsprozess des männlichen Leichnams bereits eingesetzt hatte, aber noch nicht weit fortgeschritten war, als die Frau in dem gleichen Gefäß bestattet wurde. Ferner besagt der anthropologische Befund, dass die Frau mindestens eine Geburt oder Fehlgeburt durchgemacht hat, unter mehreren Anomalien der Wirbelsäule litt und einen verkürzten Daumen hatte. Der Mann trug eine Narbe auf der linken Stirnseite und hatte die Merkmale eines trainierten Schwertkämpfers und Reiters. Beide litten bei ihrem Tod wahrscheinlich an einer Lungenkrankheit. „Seitenkrankheit" ist übrigens eine alte Bezeichnung für eine Brustfellentzündung.

Die Heirat von Familienangehörigen innerhalb von königlichen Dynastien war in der Antike nicht unüblich, besonders wenn es sich um ein Gottkönigtum handelte (siehe z. B. Ägypten). Erst nach Fertigstellung des

Romans wurden die Ergebnisse der DNA-Analysen der menschlichen Überreste publiziert (*Cambridge University Press, s. Literaturliste am Ende des Buchs*). Sie kamen zu dem Schluss, dass die beiden Individuen nicht, wie im Roman beschrieben, miteinander verwandt waren. Ein in der nähe bestatteter weiblicher Säugling konnte als Nachkomme der beiden identifiziert werden.

Das Ende der El-Argar-Kultur um etwa 1.550 vor unserer Zeitrechnung geht mit einer Zerstörungsschicht einher. Die alten Zentren wurden nicht neu besiedelt, stattdessen sind viele neue Kleinstädte und Dörfer belegt. Die materielle Kultur wandelt sich, obwohl es keinerlei Beleg für eine Fremdinvasion gibt. Die Ausgräber schließen daher auf eine Revolution und einen völligen Neuanfang der bis dahin in großen Teilen unterdrückten Bevölkerung. Dem gingen verstärkte Mangelernährung und erhöhte Kindersterblichkeit voraus, begünstigt durch Monokultur (Gerste) und die daraus resultierenden Folgen: das Auslaugen der Böden und Nährstoffmangel. Die Kargheit der heutigen südspanischen Landschaft kann zum Teil auf massive Rodungsaktivitäten in der Bronzezeit zurückgeführt werden, von denen sich die ursprüngliche Flora nie erholen konnte.

Der Ausbruch des Vulkans von Thera auf der heutigen Insel Santorin, die sogenannte minoische Eruption, fand in etwa zur gleichen Zeit statt (der genaue Zeitpunkt wird allerdings noch immer leidenschaftlich diskutiert).

Sicher ist jedoch, dass die Eruption weitreichende Folgen im gesamten Mittelmeerraum hatte, auf jeden Fall ökonomisch, vielleicht auch ökologisch. Von besonders starken Eruptionen jüngeren Datums wissen wir, dass die ausgestoßene Asche mittelfristig Klimaschwankungen auch in größerer Entfernung auslösen kann, auf jeden Fall aber sichtbare Phänomene wie besonders spektakuläre Sonnenauf- und -untergänge. Je nach Windrichtung kann auch die ausgestoßene Asche noch in großer Entfernung niedergehen. Die in Karnak gefundene altägyptische Unwetterstele beispielsweise beschreibt (wahrscheinlich) eine Naturkatastrophe während der Regierungszeit des Pharaos Ahmose I. (ca. 1560-1525 v. Chr.), mit verfinstertem Himmel, außerordentlich lautem Donner (vielleicht die Eruption selber?), Starkregen und einer darauf folgenden ungewöhnlich starken Flut.

Ein paar Andeutungen sowohl auf Werke der klassischen Literatur als auch auf Ereignisse der jüngeren und jüngsten Geschichte kann der aufmerksame Leser bestimmt hier und da entdecken. Explizit erwähnt sei hier nur die Rede, in der der Priesterkönig Muwa jegliche Opposition gegen seine Person und seine Herrschaft zur Blasphemie erklärt. Sie beruht auf einer tatsächlich gehaltenen Rede eines bekannten Tyrannen des 20. Jahrhunderts. Wer meinen Roman „Der Augenzeuge" gelesen hat, wird es wiedererkennen und auch wissen, dass mein Mann ein iranischer Journalist im Exil ist, der sich immer für die Befreiung seines Landes von der alles erdrückenden

Herrschaft der selbsternannten „Priesterkönige", dem theokratischen Regime im Iran, eingesetzt hat. Daher konnte auch ich mir diese Anspielung nur unschwer verkneifen.

Sämtliche Protagonisten dieser Geschichte und ihre persönlichen Schicksale sind natürlich frei erfunden. Die El-Argar-Kultur kannte keine Schrift. Was den Historiker behindert, bietet der Schriftstellerin mannigfaltige Möglichkeiten.

Personenregister

Agallu: Anführer der Wache von Wilusipami und somit der oberste General der Streitkräfte; ein enger Vertrauter Muwas. Hat Niosenas Mann auf dem Gewissen. Sein hethitischer Name bedeutet „Ich will sterben" oder „Ich bin bereit zu sterben".

Akerunin: Der verstorbene Mann Niosenas, von General Agallu erstochen.

Animkei: Ursprünglich die Nachbarin von Tumaran und Lortikis in ihrem alten Dorf. Sie schließt sich der ersten lokalen Rebellion unter Beles' Führung an und gehört zu deren wenigen Überlebenden. Anschließend wird sie zur Wortführerin der Anhänger eines bewaffneten Aufstands.

Aniur: Animkeis Ehemann, wird vermutlich während der Niederschlagung der ersten Rebellion getötet.

Anniti: Königin, Frau des Priesterkönigs Tattis, gleichzeitig seine Cousine und Schwester von Naru. Wird beschuldigt, ihren Schwager Muwa mit einem Schadenszauber belegt zu haben. Ihr Name ist dem luwischen Wort für Mutter entlehnt.

Beles: Tumarans impulsiver Bruder und Mann Intebers, Anführer der ersten Rebellion, der bei ihrer Niederschlagung getötet wird.

Birike: Städterin aus der Klasse der Handwerker, mit einem Waffenschmied verheiratet, Mutter von Iltirbas.

Happuala: General Agallus Stellvertreter. Sein luwischer Name bedeutet „Anführer von Soldaten".

Iltirbas: Sohn eines Waffenschmieds, der wegen der Aufstiegschancen in die Wache eintritt und von den Soldaten krank im Wald zurückgelassen wird. Anschließend schließt er sich den rebellischen Bewohnern der neuen Kolonie an. „Iltir" ist einer der wenigen Bestandteile altiberischer Personennamen, dessen Bedeutung wir kennen. Er bedeutet „Stadt".

Inteber: Beles' Frau, überlebt zusammen mit Animkei die Niederschlagung der ersten Rebellion. Kennt sich mit Heilkräutern aus.

Konatin: Junger Dorfbewohner, bringt erst sich selber und dann seinen Freunden den Bogenbau und die Wildschweinjagd bei.

Kubba: Fruchtbarkeitsgöttin

Lakobor: Sohn von Lortikis und Tumaran, noch ein Kind, benannt nach seinem Großvater.

Lortikis: Tumarans patente und entscheidungsfreudige Frau, ohne die das Überleben der Familie mit Sicherheit weitaus unwahrscheinlicher wäre.

Muwa: Jüngerer Bruder von Tattis, gleichzeitig dessen Mörder und Nachfolger im Amt des Priesterkönigs. Sein Name bedeutet „Macht".

Naru: Schwester Annitis, heiratet den neuen Herrscher Muwa. Ist angeblich medial begabt und gibt Nachrichten des Wettergotts an ihre Familie weiter. Ihr Name ist in hethitischen Quellen als Personenname belegt.

Nesaiun: Tochter von Lortikis und Tumaran, noch ein Kind

Niosena: Lebensfrohe und kreative, aber aufmüpfige Töpferin aus der Stadt, deren Herz größer ist als ihre Furcht.

Sorbos: Jugendlicher Dorfbewohner, wird zur Bestrafung der Angehörigen der Rebellen ausgesucht.

Taru: Wettergott

Taseter: Einer der Jugendlichen des Dorfes, Konatins Freund

Tattis: Priesterkönig von Wilusipami, Annitis Mann und der ältere Bruder von Beles. Versucht bevorzugt, Probleme mit Tieropfern an die Götter zu lösen. Sein Name ist vom luwischen Wort für „Vater" inspiriert und ist vielleicht mehr als Königstitel zu betrachten denn als Eigennamen.

Tumaran: Abhängiger Bauer, Mann von Lortikis; friedliebend, nachdenklich und bedacht, zögerlicher als seine Frau.

Tuya: Tochter Nesaiuns, somit Enkelin von Lortikis und Tumaran. Sie trägt einen Namen hethitischen Ursprungs.

Rezepte aus Iltir

Den Menschen der verschiedenen Gesellschaftsschichten standen unterschiedliche Nahrungsmittel zur Verfügung. Im Folgenden sind drei rekonstruierte Rezepte aufgeführt:

1. Bäuerlicher Eicheleintopf

Zutaten: 200 g Perlgraupen
150 g Eicheln
1 EL Natron
1/4 TL Salz
Honig nach Belieben

Die Eicheln eine Stunde bei 150°C im Ofen rösten. Dabei springt die Schale auf und sie lassen sich leicht schälen. Die geschälten Eicheln zusammen mit einen Esslöffel Natron in einen Liter Wasser 12 Stunden einweichen. Das dunkel verfärbte Wasser wechseln und mindestens weitere 12 Stunden einweichen lassen. Gut abspülen.

500 ml Wasser zum Köcheln bringen und Eicheln, Perlgraupen und Salz zugeben. Etwa 30 Minuten kochen bis alle Zutaten gar sind, dabei nach Bedarf Wasser zufügen.

Nach Belieben mit Honig abschmecken.

2. Eintopf mit Hülsenfrüchten nach Art der Handwerker

Dieses Rezept ist auf einer Keilschrifttafel aus der hethitischen Hauptstadt Hattussa überliefert. Die moderne Adaption stammt aus meinem Kochbuch „Von Eden bis Jerusalem: 40 Rezepte aus der Zeit der Bibel".

Zutaten: 100 g getrocknete, geschälte Ackerbohnen
(Saubohnen), über Nacht eingeweicht
100 g getrocknete Kichererbsen, über Nacht eingeweicht
100 g Perlweizen oder -dinkel
100 g Linsen
100 g Perlgraupen
1 EL Koriandersamen
2 EL Butter
800 ml Fleisch- oder Gemüsebrühe

Die über Nacht in Wasser eingeweichten Ackerbohnen und Kichererbsen abgießen und zusammen mit den Linsen, Perlweizen (oder Perldinkel), Perlgraupen und Koriandersamen in einem Topf in Butter rösten, bis sie Farbe annehmen. Mit der Brühe ablöschen und gut eine Stunde, bis auch die Ackerbohnen und Kichererbsen gar sind, köcheln lassen, dabei nach Bedarf Wasser nachgießen. Mit Brot servieren.

3. Das Frühstück des Königs: Honigschmalz auf Fladenbrot

Fladenbrot aus der Pfanne:

Zutaten: 125 g Gerstenmehl
125 g Weizenmehl
eine Prise Salz
etwas Öl für die Pfanne

Den Teig aus dem Mehl, 125 ml Wasser und Salz gründlich kneten, bis er homogen ist und nicht mehr klebt. Eventuell etwas mehr Mehl zugeben. Den Teig zu vier Kugel formen und jede davon auf einer bemehlten Unterlage mit einem Nudelholz zu einem flachen Fladen ausrollen. Die Teigfladen in der leicht gefetteten Pfanne von beiden Seiten goldbraun rösten.

Honigschmalz:

Zutaten: 50 g flüssiger Honig
250 g leicht gesalzene Butter (oder, wenn man es gerne authentisch hat, tatsächlich Schmalz)

Den Honig mit der erwärmten Butter oder dem Schmalz kräftig verrühren, bis eine homogene Masse entsteht. Auf Fladenbrot servieren.

Quellen und weiterführende Literatur

Martin Bartelheim (2005): Grabausstattung als Statusanzeiger? - Überlegungen zur Sozialstruktur der südspanischen El Argar-Kultur. In: Barbara Horejs, Reinhard Jung, Elke Kaiser, Biba Terzan (Hrsg.), *Interpretationsraum Bronzezeit*. Festschrift für Bernhard Hänsel, Rudolf Habelt Verlag Bonn.

Carla Garrido-García, Elena Molina Muñoz, Carlos Velasco Felipe, Ba´rbara Bonora Soriano, Eva Celdra´n Beltra´n, Ma Ine´s Fregeiro Morador, David Go´mez-Gras, Claudia Molero Alonso, Adria`Moreno Gil, Antoni Rosell-Mele´, Roberto Risch (2021): El Argar ceramics: preliminary results of an interdisciplinary approach. In: Vesna Vučković et al. (Hrsg.), *Crafting Pottery in Bronze Age Europe*, Regional Museum of Paraćin, 2021.

Dirk Husemann (2020): Die Silberfürsten vom Rand der Alten Welt. In: *Spektrum der Wissenschaft*, April 2020.

Vicente Lull, Rafael Mico´, Cristina Rihuete Herrada und Roberto Risch (2010): The economic and political relations of El Argar. In: *MENGA. Journal of Prehistory of Andalusia*, No 01, 2010.

Vicente Lull, Rafael Mico´, Cristina Rihuete Herrada und Roberto Risch (2011): El Argar and the Beginning of Class Society in the Western Mediterranean. In: *Archäologie in Eurasien* 24.

Vicente Lull, Rafael Mico´, Cristina Rihuete Herrada und Roberto Risch (2011): Ideology, Archaeology. In: Reinhard Bernbeck und Randall H. McGuire (Hrsg.), *Ideologies in Archaeology*, University of Arizona Press.

VICENTE LULL, RAFAEL MICÓ, CRISTINA RIHUETE HERRADA und ROBERTO RISCH (2013): Political collapse and social change at the end of El Argar. In: HARALD MELLER, FRANÇOIS BERTEMES, HANS-RUDOLF BORK und ROBERTO RISCH (Hrsg.), *1600 – Kultureller Umbruch im Schatten des Thera-Ausbruchs? 4. Mitteldeutscher Archäologentag vom 14. bis 16. Oktober 2011 in Halle (Saale).*

VICENTE LULL, RAFAEL MICÓ, CRISTINA RIHUETE HERRADA und ROBERTO RISCH (2015): Primeras Investigaciones en La Bastida (1869-2005).

VICENTE LULL, RAFAEL MICÓ, CRISTINA RIHUETE HERRADA und ROBERTO RISCH (2016): La Bastida – Eine bronzezeitliche Stadtbefestigung im westlichen Mittelmeerraum. In: HARALD MELLER und MICHAEL SCHEFZIG (Hrsg.), *Krieg: Eine archäologische Spurensuche. Begleitband zur Sonderausstellung im Landesmuseum für Vorgeschichte Halle (Saale), 6. November 2015 bis 22. Mai 2016.*

VICENTE LULL, CRISTINA RIHUETE-HERRADA, ROBERTO RISCH, BÁRBARA BONORA, EVA CELDRÁN-BELTRÁN, MARIA INÉS FREGEIRO, CLAUDIA MOLERO, ADRIÀ MORENO, CAMILA OLIART, CARLOS VELASCO-FELIPE, LOURDES ANDÚGAR, WOLFGANG HAAK, VANESSA VILLALBA-MOUCO UND RAFAEL MICÓ (2021): Emblems and spaces of power during the Argaric Bronze Age at La Almoloya, Murcia. *Cambridge University Press:* https://doi.org/10.15184/aqy.2021.8

ROBERTO RISCH und HARALD MELLER (2013): Wandel und Kontinuität in Europa und im Mittelmeerraum um 1600 v. Chr. In: HARALD MELLER, FRANÇOIS BERTEMES, HANS-RUDOLF BORK und ROBERTO RISCH (Hrsg.), *1600 – Kultureller Umbruch im Schatten des Thera-Ausbruchs? 4. Mitteldeutscher Archäologentag vom 14. bis 16. Oktober 2011 in Halle (Saale).*

Zu guter Letzt

Hat Ihnen der Roman gefallen? Dann würde ich mich sehr freuen, wenn Sie – zum Beispiel bei Goodreads oder bei Ihrem Onlinehändler – eine Rezension verfassen könnten.

Vielleicht haben Sie sogar Lust bekommen, ein weiteres Buch von mir zu lesen?

„Die Spur des Emirs" handelt von der Sehnsucht nach dem richtigen Leben, von der miteinander verwobenen Geschichte Süditaliens und des Nahen Ostens, und nicht zuletzt von der Suche nach verschollen geglaubten Manuskripten.

„Die drei Betrüger" beschreibt die abenteuerliche Suche nach dem gleichnamigen legendären ketzerischen Traktat, das den Protagonisten durch das vom Dreißigjährigen Krieg gezeichnete Europa des 17. Jahrhunderts und schließlich in die höchsten Kreise Roms führt.

„Der Augenzeuge" beschreibt das abenteuerliche und kühne Leben des iranisch-französischen Fotojournalisten Manoocher Deghati vor dem Hintergrund der letzten fünfzig Jahre Weltgeschichte.

Mit „Werwesen" habe ich ein Jugendbuch für 10-14-Jährige geschrieben, das vom Aufwachsen, dem Respekt vor der Natur, sowie der Akzeptanz sich selber und anderen gegenüber handelt.

Und in meinen historischen Kochbüchern „GARUM – Rezepte aus der Geschichte" und „Von Eden bis Jerusalem – Rezepte aus der Zeit der Bibel" stelle ich Rezepte aus der Geschichte vor: aus dem antiken Orient, dem alten Rom, dem europäischen und nahöstlichen Mittelalter bis hin zur Renaissance.

Und wenn Sie möchten, besuchen Sie mich doch auf meiner Website ursulajanssen.com.

Die Spur des Emirs

Die Historikerin Lia reist wegen eines Todesfalls nach Apulien und verbringt dort einige Wochen mit ihrer Tante, die eine *Masciàre* ist, eine traditionelle Kräuterkundige. Mit ihrer archaischen Lebensweise und ihrer verschmitzten Lebensweisheit fasziniert sie Lia zunehmend. Als Historikerin kann sie es nicht lassen, den Geschichten und Legenden, die ihre Tante erzählt, auf den Grund zu gehen. Zusammen mit ihrer neuen Freundin Alessandra, einer antiquarischen Buchhändlerin, kommt sie Erstaunlichem auf die Spur, das sie am Ende zur Wiederentdeckung verloren geglaubter arabischer Manuskripte führt.

Die drei Betrüger

Die Suche nach dem legendären ketzerischen Traktat von den drei Betrügern führt den Protagonisten Hieronymus Bender durch das vom Dreißigjährigen Krieg gezeichnete Europa des 17. Jahrhunderts und lässt ihn Bekanntschaft mit einigen illustren Zeitgenossen machen, darunter der spätere Papst Fabio Chigi, die schwedische Ex-Königin Christina, der Universalgelehrte Athanasius Kircher oder der Jesuitenpater Goswin Nickel. Die Unterscheidung zwischen Freund und Feind fällt Bender zunehmend schwerer, sieht er sich doch von Machtspielen und Intrigen umgeben. Und was hat es mit dem geheimnisvollen Buch auf sich, an dessen Besitz zahlreiche Parteien so sehr interessiert sind, dass manche dafür sogar bereit sind, den eben erst geschlossenen Frieden aufs Spiel zu setzen?

Der Augenzeuge

„Der Augenzeuge" beschreibt das abenteuerliche und kühne Leben des iranisch-französischen Fotojournalisten Manoocher Deghati vor dem Hintergrund der letzten fünfzig Jahre Weltgeschichte: außergewöhnliche Erlebnissen, bemerkenswerte Begegnungen, unglaubliche Zufällen und zahlreichen Anekdoten, von denen einige fantastischer sind, als jede erfundene Geschichte sein könnte. Gleichzeitig veranschaulichen sie die Natur der Unterdrückung, das Streben nach Freiheit und eine unverwüstliche Lebensfreude.

GARUM – Rezepte aus der Geschichte

In diesem reich illustrierten Kochbuch stellt Archäologin und Kulinarhistorikerin Dr. Ursula Janßen eine Anzahl von historischen Rezepten aus dem Alten Orient, der römischen Antike, dem nahöstlichen und europäischen Mittelalter sowie der Renaissance vor, die leicht zuhause nachgekocht werden können, mit Zutaten, die in gut sortierten Läden erhältlich sind. Der breite Zeitrahmen erlaubt einen Überblick über die Traditionen, Entwicklungen und auch Innovationen in der Geschichte der Kochkunst.

Von Eden nach Jerusalem:
Rezepte aus der Zeit der Bibel

Weizen, Gerste, Weintrauben, Feigen, Granatäpfel, Oliven
und Honig sind die biblischen „Sieben Arten", die die
Grundlage der Küche nicht nur des Heiligen Landes,
sondern des ganzen Mittelmeerraums bilden. In diesem
Buch stellt Archäologin und Kulinarhistorikerin Dr. Ursula Janßen 40 Rezepte vor, die von den Geschichten der
Bibel inspiriert sind. Die Rezepte bieten einen Einblick in
die frühgeschichtliche mediterrane Ernährung, nicht nur
aus dem Heiligen Land und der Levante, sondern auch
aus Babylonien, Ägypten, Persien, Kleinasien, Griechen-
land und Rom.